Impressum

Autorin: Claudia Schneider

Idee, Illustrationen und Layout: Claudia Schneider
Lektorat: Elisa Weikert, Osman Agin und Hannelore Eberle

Druck und Bindearbeiten:
Verlag Alfred Strödicke, Mühltal 89a, 56154 Boppard

Zweite Auflage

ISBN: 978-3-00-074270-5

Inhalt

Dieses Buch widme ich meinem Ehemann Werner,
der mein allergrößter Fan und Kritiker ist.

Vorwort

Dieses Buch ist für alle Kleinen und Großen geschrieben, die wie ich an das Gute im Menschen glauben.

Denn Liebe und Vertrauen sind der Trost des Lebens.

Leben allein genügt nicht, sagte der Schmetterling.
Sonnenschein, Freiheit
und eine kleine Blume muss man auch haben.

Hans Christian Andersen

Kapitel 1 - Die Anreise

Quietschend und rumpelnd bewegte sich die kleine Kutsche über den schmalen Weg, der quer durch den Wald, hoch zum Schloss der Liebe führte.

Die großen Räder ächzten geräuschvoll und die Kutsche kam gehörig ins Schwanken und schüttelte ihre Passagiere ordentlich durch. Gekonnt lenkte der Kutscher die beiden Pferde um die Schlaglöcher herum.

Die Zwillinge Rosalie und Peter rutschten ungeduldig auf ihren Plätzen und konnten es kaum erwarten. Die Kinder hatten bereits sehr viel von ihrer Mutter, Frau Gesine Geduld, über das Schloss gehört und als vor drei Tagen eine Einladung ins Haus geflattert kam, freuten sich alle sehr, gemeinsam das Schloss der Liebe besuchen zu dürfen.

„Lass mich gucken, lass mich gucken!“, rief Rosalie und sprang von ihrem Sitz, nachdem ihr Bruder wie wild mit dem Finger auf die Türme gezeigt hatte, die schon von weitem zu sehen waren. Ihre blonden Locken wippten dabei fröhlich rauf und runter, wobei eine freche Strähne ihr immer wieder über die Augen fiel. „Bleibt bitte sitzen!“, bat Frau Geduld ihre Kinder, „es ist nicht mehr weit. Bald kommen wir an.“

Ja, bei Familie Geduld ist das so eine Sache. Sind die Kinder von Frau und Herrn Geduld noch klein, dann sind sie fürchterlich ungeduldig.

Erst mit den Jahren werden sie ebenso geduldig wie ihre Eltern, sodass sie nichts mehr aus der Ruhe bringen kann. Aber so alt waren Rosalie und Peter noch lange nicht. Deshalb waren sie sehr aufgeregt und ungeduldig, bis die Kutsche endlich auf dem großen Schlossplatz anhielt. Kaum stand die Kutsche, da waren die Kinder auch schon raus und sprangen vergnügt auf dem Vorplatz herum. Sie versuchten, einen der vielen Schmetterlinge zu fangen, die überall auf dem Schlossplatz herumflatterten, was ihnen jedoch keineswegs gelang.

Die kleine Familie Geduld war bei weitem nicht der einzige Gast auf dem Schloss. Die Liebe hatte noch viel mehr Mitglieder aus der Familie der Gefühle eingeladen und Frau Geduld kannte die meisten von ihnen. Da Gefühle miteinander mehr oder weniger verwandt sind, freute sie sich schon sehr auf das Wiedersehen mit den anderen Eingeladenen.

Schade, dass ihr Ehemann Georg Geduld zu Hause bleiben musste, um seine Erkältung auszukurieren. Er hätte zu gerne seine Familie begleitet.

Gesine Geduld fand es nur ungewöhnlich, dass so viele Gäste mitten im Jahr geladen waren.

Doch Frau Geduld wäre nicht Frau Geduld, wenn sie die Erklärung nicht abwarten könnte.

Das Schloss der Liebe

Kapitel 2 - Der Einlass

Am Hofe der Liebe war es üblich, dass vor dem Einlass ins Schloss alle Gäste persönlich von einem Pagen in den großen Saal geleitet wurden.

Der Ober-Page Olaf begrüßte freundlich alle ankommenden Gäste. Er war schon ein ganz besonderer Page. Olaf, mit seinen fast zwei Metern, seinen widerspenstigen Haaren, seiner verkehrt geknöpften Weste und einer viel zu kleinen, dicken Brille auf der viel zu großen Nase gab ein sehr ungewöhnliches Bild eines Pagen ab.

Mit einem langen Stab in der Hand, an dessen Ende ein sehr großer, farbenfroher, flügelschlagender Schmetterling auf einer Kugel thronte, begrüßte er jeden neuen Gast, indem er mit viel Schwung auf den Boden schlug, sodass es ordentlich krachte. Sobald der Gast sich brav vorgestellt hatte, machte Olaf mit einer überschwänglichen, großen, ausladenden Armbewegung in Richtung Schlossinneren den Weg frei und der Gast konnte das Schlosstor passieren.

Oben auf dem Stab hatte der Schmetterling Mühe, sich auf der Kugel festzuhalten und er drohte bei jeder Begrüßung vom Stab zu fallen. Dennoch schien es den Schmetterling nicht zu stören, denn er ertrug es mit Gelassenheit. Es war allen Gästen klar, dass Olaf, trotz seiner dicken Augengläser, so gut wie nichts sehen konnte.

Um niemanden ins Schloss zu lassen, den er nicht kannte, fragte Olaf deshalb jeden: „Wer sind Sie? Und was ist Ihr Begehr?“
Die Gäste, die schon einmal im Schloss gewesen waren, wussten um seine Blindheit und standen ihm Rede und Antwort.

Rosalie und Peter waren mal wieder sehr ungeduldig und versuchten sich vorzudrängeln, doch ihre Mutter fing sie noch rechtzeitig ab und stellte sich mit den Kindern am Ende der Schlange der Gäste an. Nein, nicht ganz hinten, denn Agnus Angst stellte sich fix hinter Gesine Geduld und deren Kinder, da er auf keinen Fall einer der Ersten an der Pforte sein wollte.

Als Erste in der Schlange der ankommenden Gäste ging Nina Neugier zu Olaf und stellte sich vor, weil sie es vor lauter Neugier nicht mehr aushielt und unbedingt ganz rasch ins Schloss hinein wollte.

Freddy Freude stellte sich als Nächstes vor und schloss sich freudig Nina Neugier an. Er fand schon immer Gefallen an Nina Neugier, besonders gefielen ihm ihr roter Lockenkopf und ihre Art, alles und jedes zu hinterfragen. So freute er sich sehr, sie wieder zu sehen und wollte ihr ganz nah sein.

Olaf schwang seinen Stab und ließ ihn abermals mit lautem Krachen auf den Boden knallen. Der Schmetterling machte ein paar Flügelschläge, um nicht vom Stab zu fallen. Wieder ertönten die Worte: „Wer sind Sie? Und was ist Ihr Begehr?“
„Hallo Olaf, ich bin es, Theonora Traurigkeit von Glückstein, ich bin so traurig“, schluchzte sie.

Olaf begrüßt die Gäste

Dem Pagen wurde ganz schwer ums Herz und er bat sie schnell herein, bevor sie vor dem Schloss noch in Tränen ausbrechen würde. Er wollte verhindern, dass Theonora Traurigkeit noch trauriger wurde. Sie waren alte Bekannte, denn sie war regelmäßig zu Besuch im Schloss und kannten sich schon viele Jahre.

Als Nächstes kamen Gustav Gier und Max Mutig an die Reihe und baten um Einlass. Auch sie durften in die große Halle und wurden von einem weiteren Pagen in den großen Saal zur festlichen Tafel geführt.

Nun standen nur noch Frau Geduld mit Rosalie, Peter und Herrn Agnus Angst vor dem Schloss. Gesine Geduld sprach beruhigend auf Agnus Angst ein mit ihnen hineinzugehen.

„Ach Herr Angst, überlegen Sie doch“, sprach Frau Geduld, „Sie sind doch hier unter Freunden. Wir kennen uns doch schon alle seit Menschengedenken.“

Letztendlich ließ sich Agnus Angst überzeugen, stellte sich Olaf vor und wurde schließlich ebenso wie die vorangegangenen Gäste in den großen Saal geführt, dorthin, wo sich die große gedeckte Tafel für die Eingeladenen befand.

Kapitel 3 - Die Liebe bittet zu Tisch

Im großen Saal des Schlosses herrschte ein reges Treiben. Es waren schon viele Gäste anwesend, die sich bereits angeregt und lautstark miteinander unterhielten. Peter entdeckte, als er den Saal betrat, seine Tante Veronika Verständnis, die mit Lukas Langeweile ganz hinten im Saal im Gespräch vertieft war. Er lief los, um sie zu begrüßen. Peter freute sich sehr, dass sie auch gekommen war, weil sie sich sonst nur sehr selten sahen.

Veronika Verständnis schien ganz versunken im Gespräch mit Lukas Langeweile zu sein und bemerkte nicht, dass ihre Schwester mit den Kindern eingetroffen war. Sie sagte gerade zu Lukas: „Ich verstehe gut, dass es einem Teenager wie dir bei solchen Anlässen sehr langweilig ist. Wie wäre es, wenn du dich mit Ute Überraschung anfreunden würdest? Ute ist immer für eine Überraschung gut und mit ihr wird es dir sicherlich niemals langweilig werden. Letztes Jahr hatte sie meinen 40. Geburtstag geplant und organisiert.
Es war für alle Gäste eine wunderbare Überraschung gewesen, als mitten in der Feier ein Zirkus mit einem Jongleur, einem Dompteur mit seinen zwei Löwen sowie einigen Akrobaten in meinem Garten auftauchten und meinen Geburtstag zu einem unvergesslichen Fest machten.“

Lukas Langeweile schaute auf, gähnte und meinte gelangweilt: „Mal sehen. Vielleicht.“

In diesem Moment traf Peter bei seiner Tante ein, die sich ebenso wie er über das außerplanmäßige Treffen im Schloss freute. Sie nahm Peter fest in die Arme und herzte ihn innig zur Begrüßung. Jetzt bemerkte auch Rosalie ihre Tante und folgte ihrem Bruder, um sich auch von ihrer Tante begrüßen und drücken zu lassen.

Langsam setzten sich die Gäste an den Tisch. Es gab keine feste Tischordnung, jeder konnte sitzen, wo er wollte. Rosalie und Peter suchten sich einen Platz ganz vorne an der Tafel. Die anderen Gäste gesellten sich nach und nach dazu.

Bald waren alle Gäste um den Tisch versammelt. Der Tisch war üppig mit allerlei leckeren Sachen gedeckt. Überaus reichlich und sehr köstlich.

Die Gäste, hungrig von der Anreise, langten gerne zu und schnell wurde aus dem lebhaften Geplauder ein zufriedenes Gemurmel und Geschmatze. Gustav Gier schaute sich, während er sich mit Nudelsalat und Würstchen voll stopfte, immer wieder unruhig zu seinen Tischnachbarn um, ob diese nicht etwa zu viel vom Essen nahmen, während er schon mit dem Kuchen und der Torte in der Mitte der Tafel liebäugelte.

Die Festtafel

Bis Nina Neugier fragte: „Sagt mal, weiß einer von euch, wo die Liebe ist? Sie hat uns doch eingeladen und nun ist sie gar nicht da. Was ist der Grund für ihr Fehlen? Kann mir da jemand von euch Auskunft geben? Vielleicht du, Ute?“

Aber auch Ute Überraschung hatte nichts Besonderes geplant und wusste wie alle anderen auch nicht, wo die Liebe war. Alle schauten sich um, schauten sich an, zuckten die Schultern und schüttelten ihre Köpfe. Keiner wusste etwas. Die Pagen, die sich am Rande des Saals aufhielten, machten auch keinen Versuch, etwas zu erklären.

Rosalie wollte sofort aufstehen, um direkt nach der Liebe zu suchen. Ihre Mutter konnte sie gerade noch am Kragen erwischen und sie sanft zurück auf ihren Platz bugsieren. „Bitte bleib sitzen, Rosalie!“, bat ihre Mutter. Rosalie seufzte und es fiel ihr sichtlich schwer, nicht ungeduldig aufzuspringen und direkt ihrem Wunsch nachzugeben, die Liebe zu suchen.

Alle im Raum fragten sich jetzt, wo ist die Liebe?
Es wird doch nichts passiert sein? Alle unterhielten sich und tauschten die wildesten Vermutungen untereinander aus. Eine Unruhe erfüllte den Raum.

Doch in diesem Moment öffnete sich weit hinten im großen Saal die hohe, schwere Tür und die Liebe trat ein. Groß und elegant, mit einem funkelnden Umhang, der aussah, als wäre er mit tausenden von Sternen besetzt. Als man sie sah, wurden alle augenblicklich still.
Die Gäste lächelten bei ihrem Anblick, so bezaubernd und schön war die Liebe anzusehen.

Die Liebe

Sie wurde begleitet von unzähligen kleinen, bunt schillernden Schmetterlingen. Ihre Wegbegleiter folgten ihr auf Schritt und Tritt und umschwärmten die Liebe so zahlreich, dass manche der Gäste sich fragten, wie sie ihren Weg finden konnte, ohne zu stolpern. Doch die Liebe schritt vorsichtig und sicher bis an den Tisch, wo sie stehen blieb und durch Räuspern das Zeichen an die Schmetterlinge gab, dass es Zeit für sie war, sich zurückzuziehen. Die Schmetterlinge flatterten daraufhin im ganzen Raum umher, sodass die Liebe allen Gästen ins Gesicht blicken konnte.

Kapitel 4 - Die Liebe braucht Hilfe

Als die Liebe am Tisch stand bemerkte Theonora Traurigkeit von Glückstein, dass mit der Liebe etwas nicht stimmte. Sie fühlte sich deshalb noch mehr mit ihr verbunden als sonst und es fiel ihr sehr schwer, ihre Tränen zurückzuhalten.

Auch Agnus Angst wurde es ganz flau zumute, denn am liebsten wäre er unter den Tisch gekrochen. Jedoch konnte ihn sein Tischnachbar Max Mutig gerade noch zurückhalten. „Ne, ne, bleiben Sie bitte hier, Herr Angst. Es gibt keinen Grund, abzutauchen. Lassen Sie uns erst einmal hören, was die Liebe zu sagen hat." Agnus Angst ließ sich überzeugen. Obwohl ihm nicht sehr wohl im Magen war, hörte er zu, was die Liebe zu sagen hatte.

Die Liebe sprach: „Liebe Freunde, es freut mich außerordentlich, euch zu sehen. Es tut mir gut, dass ihr meiner Einladung gefolgt seid. Ich hoffe sehr, dass euch der 'kleine Imbiss' gemundet hat und ihr jetzt nach der langen Anreise gestärkt seid. Leider gibt es einen nicht sehr schönen Grund, warum ich euch zu mir gebeten habe. Die Brüder Hass und Missgunst haben etwas Fürchterliches angestellt. Es ist ihnen gelungen, unter den Menschen auf der Erde ihr Gift zu verteilen, sodass die Menschen mit Hass und Missgunst angesteckt wurden. Die Menschen verhalten sich, nachdem sie mit den Brüdern in Berührung gekommen sind, so wie sich die Gebrüder Hass und Missgunst verhalten. Die Brüder hassen sich

und andere. Sie glauben, dass Gewalt und Hass die Lösung ihrer Probleme ist. Die Menschen werden durch den Kontakt taub und hören ihre innere Stimme nicht mehr. Sie können euch so auch nicht mehr wahrnehmen - euch meine lieben Freunde - ihre Gefühle. Das zieht schon so weite Kreise, dass ich es für notwendig erachte, einzuschreiten und etwas dagegen zu unternehmen.
Sonst wird die Menschheit so sehr vergiftet, dass ein Zusammenleben auf Dauer nicht mehr möglich ist. Es gibt viele Menschen, die darunter leiden und nicht wissen, was sie dagegen tun können. Daher müssen wir helfen. Ich bitte euch, mit mir gemeinsam eine Lösung zu finden."

Bei diesen Worten rutschte Agnus Angst jetzt doch an seinem Stuhl langsam hinab, bis nur noch die Augen über die Tischkante linsten. Es war ihm sehr bang und es war ihm auch ein wenig schwindlig.

Agnus Angst

Kapitel 5 - Die Beratung

Nach dieser Ansprache der Liebe war es für einen Moment mucksmäuschenstill im ganzen Saal. Doch im nächsten Augenblick brachen die wildesten Spekulationen los. Alle sprachen durcheinander, alle waren aufgewühlt. Da stand Herr Vakur Vernunft auf und klopfte mit seinem Besteck gegen sein Glas, das hell erklang und zu zerspringen drohte. So heftig musste er auf das Gefäß klopfen, um sich Gehör zu verschaffen. Langsam kehrte wieder Ruhe ein.

„Meine lieben Freunde“, sprach Vakur Vernunft, „bitte beruhigt euch! Wir müssen in Ruhe eine Lösung finden.“

„Du hast gut reden“, rief aus der hintersten Ecke Friedrich Furcht, der Großcousin von Agnus Angst, „dir ist wohl nicht bewusst, was alles passieren kann!“

Herr Zati Zorn meldete sich zu Wort: „Das dürfen die Brüder nicht, wir sollten direkt zu ihnen gehen und sie aufhalten!“ Sein Gesicht war ganz rot vor Wut und die Falte auf seiner Stirn grub sich, während er sprach, immer tiefer ein.

„Stimmt, das ist eine tolle Idee, aber wie?“, fragte Nina Neugier, „wie sollen wir vorgehen?“

Freddy Freude machte den Vorschlag: „Wir könnten versuchen, wenn die Menschen schlafen, uns bemerkbar zu machen. Vielleicht erinnern sich die Menschen am Morgen nach dem Aufstehen, an uns?“

„Nein, das geht überhaupt nicht!“, widersprach ihm direkt Frau Änni Ärger, „das wird das Problem nicht lösen können!“

„Warum nicht?“, fragte jetzt Verena Verwirrung, „was ist denn das Problem?“

„Was das Problem ist?“, platzte Änni Ärger ärgerlich heraus, „das kann ich dir sagen, das Problem ist, dass die meisten Menschen sich nicht an ihre Träume erinnern. Viele wachen auf und können sich weder an ihre Träume noch an ihre Gefühle erinnern. Im Gegenteil, sie haben schon schlechte Laune, ohne zu wissen, was ihnen fehlt und welches der Gefühle sie in diese Laune versetzt hat. Sie hören uns ja noch nicht einmal, wenn sie wach sind. Wie sollen wir da etwas bewirken, wenn sie schlafen?“

„Das ist ja zum Verzweifeln!“, meldete sich nun Viktor Verzweiflung, „Wir werden alle untergehen! Kann es überhaupt eine Lösung geben?“

Die Diskussionen wurden wieder lauter und wieder sprachen alle in heller Aufregung durcheinander.

Abermals bat Herr Vakur Vernunft um Ruhe: „Freunde! Ich darf doch bitten! Wir können doch vernünftig sein und eine Lösung finden“, sprach er und schaute zu Rosalie und Peter, die nicht aufhörten, miteinander zu tuscheln. „Gibt es etwas, dass ihr beide zu diesem Thema beitragen könnt?“, fragte Herr Vakur Vernunft die beiden Tuschler.

Rosalie und Peter fühlten sich für einen Moment ertappt und schienen etwas betroffen zu sein, aber Peter, so ungeduldig wie er war, platzte sogleich heraus: „Wir könnten doch den Menschen ...“, da unterbrach Rosalie ihren Bruder, „... die Liebe bringen!“, vollendete Rosalie den begonnen Satz ihres Bruders.

Alle schauten sich an. Fragende Gesichter, erneut wurde getuschelt.

„Unerhört, was plappern die Kinder da?“, fragte Herr Zati Zorn seine Tischnachbarin und schüttelte den Kopf.

Nina Neugier ignorierte seine Bemerkung und fragte in die Runde: „Ja geht das denn? Kann die Liebe zu den Menschen gehen?“

Alle Blicke richteten sich nun auf die Liebe, die immer noch oben an der Tafel stand und jetzt einen ganz seltsamen Ausdruck im Gesicht hatte. Es wurde still im Raum. Man konnte nur das leise Flattern der Schmetterlinge hören, die immer noch über den Köpfe der Anwesenden flogen. Die Liebe schien lange zu überlegen und man sah ihr an, dass sie den ein oder anderen ihrer Gedanken direkt wieder verwarf.

Doch dann schien sich ihr Blick aufzuhellen und sie begann zu lächeln. Dieses Lächeln der Liebe war so erlösend für alle, dass jeder mit ihr lächelte. Für einen Moment war der ganze Raum so voller Liebe und Frieden, dass selbst Herr Zati Zorn anfing zu lächeln und seine Stirnfalte kaum noch zu sehen war.

„Hm, also“, räusperte sich die Liebe, „so direkt geht es nicht. Ich selbst kann das Schloss nicht verlassen. Aber, es gäbe da eine Möglichkeit. Vielleicht, wenn Sie einverstanden wären, Frau Geduld.“

Kapitel 6 - Der Vorschlag

Alle blickten nun zu Frau Geduld, die bei der unerwarteten Aufmerksamkeit leicht errötete. Bisher hatte sie der Diskussion geduldig zugehört. Doch jetzt war sie plötzlich im Mittelpunkt des Geschehens und verlor doch leicht die Fassung.

„Was? Wie? Womit?“, stammelte sie. Sie überlegte, ob sie nicht richtig zugehört und vielleicht etwas verpasst hätte.

Doch die Liebe lächelte mild und fuhr fort: „Ihre Kinder, Rosalie und Peter könnten helfen, wenn Sie erlauben, dass wir sie als Boten entsenden.“

Die Kinder warteten gar nicht die Antwort ihrer Mutter ab, sondern hüpften aufgeregt herum, fassten sich an den Händen, sangen und tanzten Ringelreigen. „Ja, ja, ja, das machen wir ... trallalala! Ja, ja, ja so gehen wir ... trallalala!“ „Halt, halt, halt!“, ging Frau Geduld dazwischen, „jetzt ist aber erst mal Ruhe!“

Die Kinder kannten ihre Mutter und wussten, dass sie es ernst meinte und hörten auf zu tanzen und zu singen.

„Liebe, kannst du mir und uns allen erklären, warum die Kinder helfen könnten?“, fragte Gesine Geduld.

Die Liebe antwortete: „Ich kann Kindern meine Schmetterlinge anvertrauen, nur Kinder haben eine wirklich reine Seele, sodass sie meine Schmetterlinge behutsam, ohne ihnen Schaden zuzufügen aus dem

Schloss heraus zu einem anderen Ort bringen können.“ erklärte die Liebe.

Jeder im Raum konnte an Frau Geduldss Gesicht erkennen, wie sie mit sich kämpfte.

Alle fragten sich, wie sie dazu stehen wird. Wird sie ihre Kinder auf diese Mission gehen lassen?

Frau Geduld wurde ganz still und überlegte: ‘Ihre Kinder sollen die Lösung sein? Würde es sehr gefährlich werden? Kann sie dies verantworten? Was würde ihr Mann dazu sagen?’ Sie kannte ihre ungeduldigen Kinder und wusste um ihre Schwächen. ‘Doch was wäre eine Alternative? Dass die Gebrüder Hass und Missgunst noch mehr Elend zu den Menschen bringen würden?’

Mit einem schweren Seufzer sagte sie schließlich: „Gut, aber die Kinder dürfen nicht alleine gehen. Es muss sie jemand begleiten.“

Im Raum konnte man sofort eine Erleichterung spüren. Endlich, eine Lösung. Doch im nächsten Moment schlug die Erleichterung wieder in Anspannung um. Die Frage stand nun im Raum: Wer sollte die Kinder begleiten?

Kapitel 7 - Die Weggefährten

Nun war es an der Liebe, eine Auswahl zu treffen. „Nun gut“, sagte die Liebe, „dann wollen wir mal überlegen“ und schaute in die Runde, „wer die Kinder begleiten kann.“

Jetzt endlich entspannte sich auch die Liebe etwas und setzte sich mit an den Tisch. Die Liebe überlegte und sah alle Gäste sehr lange der Reihe nach an. Alle Anwesenden machten es ihr nach und beäugten ihre Tischnachbarn und fragten sich, ob er oder sie sich vielleicht für die Mission eignen würde.

In diesem Moment ging hinten im Saal erneut die große Tür auf und die Schwester der Liebe, die Hoffnung, betrat den Saal.

„Entschuldigt bitte mein Zuspätkommen“, sagte die Hoffnung außer Atem, „es war mir nicht möglich, bereits beim Abendessen dabei zu sein. Zurzeit gibt es so viel für mich zu tun.“

„Ach!“, sagte die Liebe, „du kommst zur rechten Zeit. Wir haben bereits eine Lösung gefunden. Die Kinder Rosalie und Peter werden die Schmetterlinge meiner Liebe zu den Menschen bringen. Und du, meine liebe Schwester, bist eine der Auserwählten, die die Kinder begleiten darf.“

Die Hoffnung freute sich sehr und setzte sich mit an die festliche Tafel.

„So“, sagte die Liebe und ihr Gesichtsausdruck verriet, dass sie zu einer Entscheidung gekommen war. „Damit die Kinder nicht den Mut verlieren, möchte ich noch, dass Sie, Herr Max Mutig die Kinder begleiten. Außerdem auch Frau Nina Neugier, damit die richtigen Fragen zur richtigen Zeit gestellt werden. Und zu guter Letzt möchte ich, dass Sie, Herr Agnus Angst die Gruppe begleiten, denn ohne Angst gibt es keine Vorsicht und das wäre bei dieser Aufgabe sehr schlecht."

Als Agnus Angst diese Worte hörte, war er nicht mehr zu halten. Mit einem 'Wumms' glitt er von seinem Stuhl und landete unsanft auf seinem Hinterteil. Das war so ein komischer Moment, dass Agnus Angst selbst anfing, zu lachen, so sehr, dass alle anderen mit einstimmten. Erleichterung machte sich breit. Alle waren zufrieden, dass die Liebe eine so gute Wahl getroffen hatte.

Der Abend verlief in fröhlicher Stimmung, bis es Zeit war und Olaf, der Oberpage und die anderen Bediensteten, die Gäste auf ihre Zimmer begleiteten. Schließlich stand morgen ein großer Tag bevor. Da tat ein bisschen Ruhe gut.

Kapitel 8 - Das Körbchen

Am Morgen waren Rosalie und Peter schon sehr früh wach. Sie waren wie immer sehr aufgeregt und ungeduldig. Sie konnten es kaum erwarten, dass die Mission losging.

Bei Agnus Angst war es genau das Gegenteil, sehr gerne hätte er auf das Abenteuer verzichtet, aber er sah ein, dass es jetzt um viel ging und wenn die Liebe es so wollte, dann sprang er auch über seinen Schatten.

Da alle im Schloss übernachtet hatten, trafen sie sich morgens im großen Saal zum Frühstück wieder. Die Pagen hatten es erneut geschafft, die köstlichsten Leckereien für die Gäste vorzubereiten.

Herr Gier saß bereits am Tisch und probierte von allem etwas, bevor Rosalie und Peter mit ihrer Mutter den Saal betraten. Ihre Mutter brauchte wie immer sehr viel Geduld, um die Kinder dazu zu bewegen, ruhig zu sitzen und etwas zu frühstücken. Nach und nach füllte sich der Raum mit all den Gästen und die Pagen hatten alle Hände voll zu tun, um alle Wünsche zu erfüllen.

Rosalie und Peter sahen vergnügt den bunten Schmetterlingen zu, die im ganzen Saal flatterten, während sie ihr Butterbrot mit köstlichem Aufstrich aßen.

Als sich hinten im Saal die Tür langsam öffnete, waren die Kinder nicht mehr zu halten.

Ungeduldig sprangen sie auf und rannten der Liebe entgegen, die gerade den Saal betrat.

Um ein Haar stießen sie mit Lukas Langeweile zusammen, der gelangweilt als letzter in den Saal kam.

„Hey, passt doch auf, ihr Gören“, rief Lukas erschrocken und sprang zur Seite. Doch es ging alles gut. Peter wich Lukas geschickt aus und Rosalie und er erreichten in Windeseile die Liebe.

Als die Kinder bei der Liebe ankamen, sahen sie, dass die Liebe ein Körbchen trug. Nein, die Liebe trug das Körbchen gar nicht, sondern es schwebte im Raum. Statt eines gewöhnlichen Henkels hatte das Körbchen nämlich Schmetterlingsflügel an den Seiten, die sich kräftig bewegten, um die Höhe zu halten. Leise summend schwebte so das Körbchen vor der Liebe voran in Richtung Tisch.

Am Tisch angekommen, stellte es sich von alleine ab und die Flügel bewegten sich jetzt nur noch ganz ruhig. Rosalie und Peter konnten den Inhalt nicht sehen, da das Körbchen durch einen Deckel verschlossen war.

Die Liebe strich mit einer Handbewegung über den Korb, dabei öffnete sich das Körbchen, sodass die Kinder den Inhalt sehen konnten. Rosalie und Peter waren total geblendet von der Pracht, die sie erblickten.

Als wäre das Körbchen grenzenlos, entdeckten sie zahllose unterschiedliche Schmetterlinge. Diese funkelten wie Sterne, leuchteten in allen Farben und Schattierungen. Obwohl das Körbchen von außen sehr begrenzt wirkte, hatten die Schmetterlinge im Inneren jede Menge Platz. Es war, als würde man in den Nachthimmel blicken und Tausenden von Schmetterlingen beim Tanzen zusehen.

Die Pracht und Schönheit der Schmetterlinge zogen die Zwillinge in ihren Bann. Staunend und mit offenem Mund standen die Kinder vor dem Körbchen und wurden zum ersten Mal in ihrem Leben ganz ruhig.

Die Liebe lächelte, als sie sah, wie sehr Rosalie und Peter vom Inhalt des Körbchens begeistert waren.

Nun kamen auch die anderen, die sich im Saal aufhielten immer näher heran und wollten einen Blick in das ungewöhnliche Behältnis und dessen Inhalt werfen. Alle waren sehr beeindruckt und man hörte immer wieder ein „Ah!" und ein „Ohh!"

Was für ein wunderschöner Anblick. Liebe und Frieden erfüllte den ganzen Raum.

Das schwebende Körbchen

Kapitel 9 - Der Raum der Liebe

Nachdem ein jeder die Schmetterlinge bewundert und bestaunt hatte, war es nun an der Zeit, mit dem Plan fortzufahren.

„Kommt mit!“, sagte die Liebe zu den Kindern und ging Richtung Tür.

Das Körbchen flog voran und alle machten ihr, der Liebe und den Kindern, ehrfürchtig Platz.

Die Liebe verließ mit den Kindern den Saal, während die anderen Teilnehmer der Mission und die anwesenden Gäste nochmals am Tisch Platz nahmen.

Rosalie und Peter folgten der Liebe durch die hintere Tür. Über viele Stufen hinauf betraten sie ein Turmzimmer.

Der Raum war noch ungewöhnlicher als der Rest des Schlosses. Das Turmzimmer war von unten bis oben vollgestopft mit merkwürdigen Gegenständen und Bildern. Trotz der unzähligen, tickenden Uhren hatten die Kinder das Gefühl, die Zeit würde hier stillstehen.

Die Liebe schritt in die Mitte des Raums, in dem sich ein großer Tisch befand. Die Oberfläche des Tischs glitzerte wie Wasser. Beide Kinder vermuteten, wenn die Liebe etwas auf dem Tisch ablegte, müsste es direkt untergehen. Doch das war nicht so. Als das Körbchen auf dem Tisch sanft aufsetzte, bildeten sich Kreise und Wellen, die sich über den ganzen Tisch zogen, aber es ging nicht unter.

Peter und Rosalie schauten sich an und schienen sehr erleichtert darüber zu sein. Die Kinder blickten sich weiter im Raum um.

Rosalie entdeckte das Gemälde einer alten Frau, die sie an ihre Oma erinnerte. Sie schaute das Bild ganz verträumt an und erschrak ein wenig, als die Frau auf dem Gemälde anfing, sie anzulächeln und ihr zuzwinkerte. Damit hatte Rosalie nicht gerechnet und sie blickte erstaunt zur Liebe. Die Liebe lachte und zwinkerte Rosalie ebenfalls zu.

Die Liebe sagte: „Darf ich euch die Gräfin Brigitte von Begeisterung vorstellen? Sie lebt hier im Schloss und erscheint mal hier und mal da. Sie kann sich einfach nicht zurückhalten, wenn ich Besucher in meinen Räumen empfange. Brigitte von Begeisterung muss einfach vorbeischauen und die Gäste begrüßen.“ Rosalie war erleichtert und lächelte der Frau auf dem Gemälde zu. Das gefiel Brigitte von Begeisterung so sehr, dass sie nun ihrerseits vom Gemälde aus den Kindern fröhlich zulachte, sodass sich ihre Grübchen tief in die Wangen eingruben.

Rosalie und Peter schauten sich weiter um und sie entdeckten viele ungewöhnliche Dinge. Jo-Jos, die von der Decke baumelten und sich wie von alleine hoch und runter bewegten. Ein Bücherregal, in dem die Bücher sich mal nach der Farbe anordneten oder ein hübsches Muster ergaben. Fenster, die mal an der einen, dann an einer anderen Stelle die Sicht nach draußen freigaben. Rosalie und Peter kamen aus dem Staunen nicht heraus.

Jetzt war es an der Liebe, den Kindern einiges zu erklären. Denn ganz so einfach wie es klang, war es nicht, die Schmetterlinge zu den Menschen zu bringen. Vor allem, wie sollten sich die Kinder verhalten, wenn sie bei den Menschen ankamen?

Rosalie und Brigitte von Begeisterung

Kapitel 10 - Die Anweisungen

Die Liebe machte nun trotz der heiteren Stimmung ein ernstes Gesicht. Die Kinder wurden ganz still und hörten der Liebe zu.

„Liebe Rosalie, lieber Peter“, begann die Liebe, „euer Auftrag ist es, die Schmetterlinge nah an die Siedlung der Menschen zu bringen. Sobald ihr die ‘Große Blumenwiese’ erreicht, könnt ihr die Schmetterlinge fliegen lassen. Denn dort, wo sich die meisten Menschen aufhalten, ist die Wirkung der Schmetterlinge am größten.“

Die Liebe drehte sich in Richtung Fenster, das sich gerade neben ihr auftat, blickte hinaus in die Ferne und sprach leise: „Wenn man nicht auf seine Gefühle hört, werden sie zu etwas Dunklem und Bösen. Ungehörte Gefühle werden mit der Zeit immer stärker, heftiger und für den Menschen fast unerträglich. Oft werden die Gefühle wie Angst, Unsicherheit, Einsamkeit oder Hilflosigkeit nicht als solche wahrgenommen und nach und nach von anderen Gefühlen überdeckt. Versteht ihr Kinder? Es kann Hass und Wut entstehen, weil jemand Angst hat und diese Angst nicht wahrnimmt und verdrängt. Oder es entsteht Scham und Misstrauen, weil sich jemand irgendwann hilflos fühlt.“

Mit Schwung drehte sich die Liebe wieder Peter und Rosalie zu und sah beide direkt an.

Sie sprach mit fester Stimme weiter: „Sobald ein Mensch einen meiner Schmetterlinge der Liebe erblickt, wird er sich wieder seiner Gefühle bewusst und kann sie ordnen. Gefühle möchten gesehen und wahrgenommen werden. Ihr müsst wissen, nur wer sich seiner Gefühle im Innern seines Wesens bewusst ist, ist in der Lage, kluge Entscheidungen zu treffen. Nur wenn die Menschen um ihre Gefühle wissen, können sie sich wohlfühlen und die Wärme und Liebe, die sie in diesem Moment spüren, an ihre Mitmenschen weitergeben."

Die Kinder nickten eifrig. Sie fühlten und verstanden, was die Liebe mit ihren Worten meinte und sie waren auch ein wenig stolz, dass sie, Peter und Rosalie, die Boten der Liebe sein sollten.

Die Liebe fuhr fort: „Meine liebe Rosalie, mein lieber Peter, ich werde euch jetzt zeigen, wie ihr mit dem Körbchen umgehen müsst, damit die Schmetterlinge unbeschadet bei den Menschen ankommen."

Rosalie und Peter hörten aufmerksam zu. Ihnen war bewusst, dass sie eine große Aufgabe bewältigen sollten. An ihren roten Wangen konnte man sehen, wie eifrig sie der Liebe zuhörten.

„Solange ihr zusammenbleibt, wird das Körbchen euch folgen", sprach die Liebe weiter, „solltet ihr euch aber vom Körbchen trennen müssen, dann ist es wichtig, dass das Körbchen von euch gut versteckt und gesichert wird. Sucht einen geschützten Platz, damit die Schmetterlinge nicht nass werden und Schaden nehmen."

Peter wurde ungeduldig, denn das Zuhören fiel ihm sehr schwer. Und da er vorher schon gesehen hatte, wie die Liebe das Körbchen mit einem Handstreich über dem Korb öffnete, wollte er dies nun auch probieren.

Ungeduldig wie er war, wischte, wedelte und fuchtelte er über das Körbchen, aber es tat sich nichts.

Die Liebe stand daneben und lächelte. Sie ließ Peter gewähren. Peter merkte, dass seine Art, die Hände über das Körbchen zu streichen, nicht funktionierte und schaute die Liebe enttäuscht an.

„Liebe, warum kann ich das nicht? Bin ich zu ungeduldig?“, fragte Peter und fuchtelte weiter mit den Händen über den Korb.

Die Liebe lächelte milde.

„Peter, nur du und Rosalie gemeinsam könnt das Körbchen öffnen und die Schmetterlinge fliegen lassen. Deshalb müsst ihr schauen, dass ihr beieinander bleibt“, erklärte die Liebe.

„Los, Rosalie, hilf mir bitte!“, forderte Peter seine Zwillingsschwester ungeduldig auf. Rosalie, die bisher nur zugehört hatte, nahm nun auch ihre Hände und kreiste gemeinsam mit Peter über das Körbchen. Die Flügel rechts und links des Körbchens erzitterten, es öffnete sich und gab seinen Inhalt preis. „Oh!“, hauchte Rosalie abermals, als sie wieder unzählige Schmetterlinge in den schönsten Farben fliegen sah.

Peter dagegen lächelte zufrieden, da sie es endlich gemeinsam geschafft hatten.

Die Liebe nahm sich trotz des dringenden Auftrags viel Zeit, die Kinder auf die schwierige Reise vorzubereiten.

„Ihr müsst noch etwas wissen“, sprach die Liebe weiter, „es ist wichtig, nicht zu nah an die Burg von den Gebrüdern Hass und Missgunst zu kommen.

Die Brüder möchten verhindern, dass die Menschen sich ihrer Gefühle bewusst werden und könnten versuchen, euch die Schmetterlinge wegzunehmen. Denn wenn sie von dem Inhalt des Körbchens erfahren, dann werden sie auch dessen Macht erkennen.

Ihr müsst wissen, Menschen, die mit ihren Gefühlen in Kontakt stehen, bedrohen die Macht der Brüder. Deshalb seid vorsichtig.“

Jetzt griff die Liebe in ihren Umhang und holte zwei Kettchen heraus. Die Anhänger bildeten mit ihren Bernsteinen und den silbernen Flügeln die Form eines Schmetterlings.

Die Liebe legte Peter und Rosalie jeweils ein Kettchen mit dem hübschen Anhänger um den Hals und schloss es vorsichtig. „Dieses Kettchen soll euch beschützen und vor dem Einfluss giftiger Gedanken bewahren.“

Das Kettchen

Kapitel 11 - Die Mission beginnt

Jetzt war es an der Zeit, dass sich die kleine Truppe auf den Weg zur Siedlung der Menschen machte.

Alle Gäste versammelten sich auf dem Schlossplatz, denn jeder wollte sich von der kleinen Gruppe verabschieden.

Da standen sie nun, die Teilnehmer der Mission: Rosalie und Peter, die Hoffnung, Nina Neugier, Max Mutig und Agnus Angst und verabschiedeten sich von den anderen Gästen, die bis zu ihrer Rückkehr im Schloss auf sie warten wollten.

Die Delegation wurde von allen noch einmal gedrückt, geherzt und mit guten Ratschlägen überhäuft. Zudem bekam jeder der Abreisenden noch Reiseproviant mit, so viel, dass man glauben konnte, sie würden wochenlang unterwegs sein.

Theonora von Glückstein kullerten die Tränen über das Gesicht, weil sie schon jetzt alle sehr vermisste.

Frau Geduld umarmte ihre Zwillinge und drückte sie noch einmal ganz fest an sich. Es fiel ihr sichtlich schwer, die Kinder ziehen zu lassen. „Passt auf euch auf!“, sagte sie, „kommt wohlbehalten zurück!“ Es war ihr schwer ums Herz, aber sie vertraute den Begleitern, dass die Kinder am Abend wieder zurück sein würden, und so ließ sie die beiden los.

Als Olaf die vierspännige Kutsche mit Karacho um die Ecke des Schlosses fuhr, sprangen alle Gäste erschrocken zur Seite. „Hey!“, rief Änni Ärger verärgert, „das muss doch nicht sein! Das geht doch auch langsamer!“

Olaf zügelte die Pferde und die Kutsche kam zum Stehen.

Agnus Angst ließ sich von Max Mutig etwas stützen, denn es ging ihm nicht so gut. „Wenn ich nur daran denke, dass die Pferde durchgehen oder die Kutsche ein Rad verlieren könnte. Oje, oje, mir ist ja so bang“, sprach er mit zittriger Stimme.

„Das wird schon, Herr Angst“, sprach Max Mutig seinem Weggefährten Mut zu. „Wir werden es gemeinsam schaffen“, ergänzte er. Mit einem aufmunternden Lächeln öffnete er die Kutschentür.

„Bitte einsteigen!“, rief Max Mutig und hielt die Tür für seine Weggefährten auf.

Peter und Rosalie ließen sich das nicht zweimal sagen. Schwups stiegen sie die kleinen Stufen der Kutsche hoch und setzten sich direkt gegenüber ans Fenster, um einen möglichst guten Blick nach draußen zu haben.

Das Körbchen folgte ihnen summend und setzte sich sanft auf dem kleinen Tischchen ab, das sich unter dem Fenster befand.

„Ach“, sagte Nina Neugier voller Vorfreude, „ich bin ja so gespannt und aufgeregt“ und folgte den Kindern sogleich.

Max Mutig half Agnus Angst, der immer noch ängstlich auf das Gefährt blickte, in die Kutsche.

„So, liebe Hoffnung“, forderte Max Mutig die Hoffnung auf, „nehmen auch Sie bitte Platz in der Kutsche.“

Olaf fährt die Kutsche vor

Doch die Hoffnung lächelte und erwiderte: „Wenn ihr nichts dagegen habt, dann setzte ich mich lieber zu Olaf auf den Kutschbock. Wie ihr wisst, sieht er nicht viel und es ist ganz gut, wenn ich neben ihm sitze.“

Die Hoffnung schwang sich hoch zu Olaf auf den Kutschbock, wo dieser bereits abreisefertig saß, nachdem er Reiseproviant und allerlei Werkzeug im Koffer, der hinten an der Kutsche befestigt war, verstaut hatte. Olaf hielt die Zügel fest in der Hand, denn er ließ sich durch seine Blindheit nicht abhalten, die Kutsche selbst zu lenken.

Max Mutig setzte sich in die Kutsche und mit einem lauten „Klack“ fiel die Tür ins Schloss.

Nun endlich setzte sich das Gefährt in Gang und alle winkten zum Abschied.

Nina Neugier fragte: „Weiß einer von euch, wie lange wir bis zur Siedlung fahren?“

Alle schauten sich an und schüttelten die Köpfe. Nein, eigentlich wusste das keiner so genau. Sie vertrauten der Hoffnung und darauf, dass sie Olaf richtig beraten würde.

Kapitel 12 - Der Weg

Kaum losgefahren, dauerte es nicht lange, da machte die Kutsche, nicht allzu weit vom Schloss entfernt, auch schon Halt.

Nina Neugier schob sich an den Kindern vorbei, um aus dem Fenster zu sehen. „Warum halten wir denn schon?“, fragte Nina Neugier, „was ist denn los, sind wir etwa schon da? Das ging ja schnell.“ Neugierig versuchte sie durch das Fenster nach vorne zu blicken.

Max Mutig fackelte nicht lange, riss die Kutschentür auf und sprang hinaus, um nachzusehen. Agnus Angst versuchte, ihn noch am Ärmel zurückzuhalten, aber es war zu spät, er war schon draußen. Peter und Rosalie wollten es ihm gleichtun und auch die Kutsche verlassen, aber da hatte Agnus Angst mehr Glück. Mit festem Griff und strengem Blick konnte er die Kinder aufhalten und sie auf ihre Plätze zurückschieben.

„Ihr wartet hier“, sagte er in einem Ton, der kein Widerwort duldete. Kurze Zeit später kam Max Mutig zurück und setzte sich wieder in die Kutsche. „Was ist los?“, fragte Nina Neugier.

„Hm“, begann Max Mutig, „es scheint, dass der direkte Weg blockiert ist, ein Baum, der letzte Nacht wohl umgefallen ist, versperrt den Fahrweg. Wir müssen einen Umweg in Kauf nehmen. Leider führt der Umweg näher an der Burg der Geschwister Hass und Missgunst vorbei, als uns lieb sein kann.“

Max Mutig

In diesem Moment setzte sich die Kutsche wieder in Gang. Zu spät, um sie zu verlassen, dachte Agnus Angst. Er hatte das Gefühl, dass in diesem Moment seine wildesten Befürchtungen wahr werden könnten und wurde ganz still, als er sich fest in die Polster der Kutsche drückte.

„Was heißt: Umweg?“, fragte Nina Neugier nun, „wie lange wird der Umweg dauern? Sollen wir nicht lieber zurück ins Schloss und Hilfe holen?“

„Keine Ahnung“, sagte Max Mutig, „wie lange der Umweg dauert. Aber Olaf und die Hoffnung sprachen von einem Weg, der weiter ist, als der von uns geplante. Umdrehen kommt nicht infrage, die Zeit drängt und zudem können wir hier nicht mit der Kutsche wenden. Es würde auch zu lange dauern, den Baum aus dem Weg zu räumen. Zum Glück gibt es noch einen anderen Weg zur Siedlung, dieser ist jedoch länger. Wir fahren weiter und nehmen den Umweg in Kauf.“

„Werden wir heute noch ankommen?“, fragte Nina Neugier. Doch ihre Frage blieb in diesem Moment unbeantwortet.

Es wurde spät und später und der Tag neigte sich schon langsam dem Ende zu. Peter und Rosalie wurden immer ungeduldiger und rutschten auf ihren Sitzen herum. Mit so einer langen Reise hatten sie nicht gerechnet. Als die Kutsche erneut stoppte, waren sie froh, dass sie jetzt ihr Ziel, wie sie meinten, endlich erreicht hatten.

Kapitel 13 - Die verlassene Hütte

Die Hoffnung kam vom Kutschbock herunter und öffnete diesmal die Tür schneller als die Passagiere.

„Liebe Weggefährten“, sagte sie, „wir werden heute nicht mehr unser Ziel erreichen können. Wir sollten hier unser Nachtlager aufschlagen und auf den Morgen warten. Hier im Wald ist es jetzt zu dunkel, um noch weiter zu fahren.“ Rosalie und Peter blickten sich enttäuscht an.

Die kleine Truppe, die fest damit gerechnet hatte, am Abend wieder zurück zu sein, verließ die Kutsche und schaute sich um. Es war ohnehin an der Zeit, sich die Beine zu vertreten und Hunger hatten sie auch, so kam die Pause ganz recht.

„Wo sollen wir rasten?“, wollte nun Nina Neugier wissen, „ich sehe hier nur Bäume.“

„Meine verehrten Herrschaften“, sagte Olaf, der sich im Wald bestens auskannte, „wir spannen die Pferde aus, es gibt dort drüben einen Bach, dort können sie rasten. Ein Stück weiter aufwärts gibt es eine verlassene Hütte, dort können wir ruhen. Ich werde später folgen“, fuhr Olaf fort und begann sogleich die Pferde auszuspannen.

So wollten sie es machen, Olaf kümmerte sich um die Pferde und die anderen schnappten sich ihre Bündel mit ihren Vorräten und begaben sich schon mal auf den Weg zur Hütte.

Die verlassene Hütte

An der Hütte angekommen, sahen sie ein Licht brennen. Nina Neugier fragte direkt: „Warum brennt dort Licht, hatte Olaf nicht gesagt, die Hütte wäre verlassen?“

Agnus Angst, dem die Reise schon so auf den Magen schlug, zitterten die Beine und er begann, fürchterlich zu schwitzen. „Mir ist ja so bang, mir ist ja so bang“, sagte er immer wieder. „Lasst uns lieber umdrehen und in der Kutsche übernachten.“

Die Hoffnung versuchte ihn zu beruhigen. „Wir werden sicherlich gut aufgenommen“, sagte die Hoffnung, die insgeheim auch nicht verstand, warum in der Hütte das Licht brannte und aus dem Kamin Rauch empor stieg.

„Ich kann ja mal schnell hinlaufen und klopfen“, schlug Peter ungeduldig vor und Rosalie nickte heftig mit ihrem Lockenköpfchen, um Peter recht zu geben, „dann wissen wir, wer sich in der Hütte aufhält.“

„Halt, halt“, mischte sich nun Max Mutig ins Gespräch ein, „ich werde erst einmal vorangehen und durch das Fenster schauen. Wir sollten vorsichtig sein. Schließlich sind wir den Gebrüdern Hass und Missgunst schon näher gekommen als geplant. Bleibt hier, hinter diesen Büschen, ich werde mal nachsehen.“

Max Mutig stellte sein Bündel auf die Erde und pirschte sich langsam zum Fenster vor. Dort angekommen, hob er vorsichtig den Kopf, um einen Blick ins Innere der Hütte zu werfen, ohne dabei selbst gesehen zu werden.

Er sah ein Pärchen am Feuer sitzen, das er nur zu gut kannte. Geduckt, schlich er sich zu seinen Freunden zurück.

„Ich habe eine gute und eine schlechte Nachricht“, begann Max Mutig. „Die gute Nachricht ist, ich kenne die Beiden in der Hütte.“ „Und die schlechte?“, fragte Nina Neugier.

„Ja, also“, sprach Max Mutig weiter, „die schlechte Nachricht ist, es sind Herr Neid und Frau Eifersucht.“

Für einen Moment war es ruhig, dann fragte Nina Neugier: „Und? Können wir in die Hütte?“

Jetzt war es Agnus Angst zu viel der Aufregung. „Nein“, sagte er, „auf gar keinen Fall. Lasst uns zurück zur Kutsche gehen!“ Er wollte schon aufspringen, da hielt ihn die Hoffnung zurück.

„Langsam, langsam, Agnus Angst. Lassen Sie uns hören, was Max Mutig zu sagen hat“, sagte sie und zog Agnus Angst am Ärmel zurück hinter die Büsche. Alle schauten jetzt Max Mutig fragend an.

Doch in diesem Moment war das gar nicht mehr wichtig. Sie hörten laut und deutlich, wie Olaf an die Tür der Hütte klopfte und durch die Tür eintrat. Sie hatten in der Aufregung nicht daran gedacht, Olaf Bescheid zu sagen, der natürlich annahm, dass sie bereits in der Hütte wären.

Somit war die Entscheidung gefallen. Auf keinen Fall wollten sie Olaf alleine in der Hütte lassen.

Kapitel 14 - Neid und Eifersucht

Die Tür ging auf und Olaf betrat die Hütte. Dann war es ruhig.

„Schnell, Kinder“, sagte die Hoffnung, „versteckt euer Körbchen gut. Wir können es keinesfalls mit in die Hütte nehmen.“

Peter und Rosalie blickten sich um, aber es war schon dunkel geworden, sodass sich kaum noch etwas vor dem schwachen Mondschein abhob.

„Wohin mit dem Körbchen?“, frage Rosalie fast verzweifelt, weil kaum noch etwas zu erkennen war.

„Hier, schaut mal bei mir“, antwortete Nina Neugier, die gleich bei ihrer Ankunft ihre Umgebung genauestens untersucht hatte, „hier unter diesen Wurzeln könnt ihr es verstecken.“

Es war ein guter Platz. Der Regen hatte viele Wurzeln am Baum ausgespült, sodass kleine Mulden entstanden waren. Dort passte das Körbchen gut hinein.

Die Kinder klemmten das Körbchen zwischen den Wurzeln fest, damit es sich nicht mehr bewegen konnte. Schnell sammelten sie noch etwas Moos und Laub von den Bäumen und deckten das Körbchen gut zu. Es sollte auf keinen Fall in die falschen Hände geraten. Danach machten sie sich gemeinsam auf den Weg zur Hütte.

„Herein, die Tür ist offen“ hörte man von drinnen, als Max Mutig an die Tür klopfte.

Die kleine Gruppe betrat die Hütte. In der Hütte war es sehr warm und stickig. Vor dem Ofen saßen

Herr Neid und Frau Eifersucht in Schaukelstühlen und schauten misstrauisch auf die weiteren Besucher.

Am Tisch in der Ecke saß Olaf. Die anderen konnten ihm seine Erleichterung anmerken, als sie den Raum betraten.

„Guten Abend", begann Max Mutig, „wir sind auf der Durchreise und möchten gerne hier die Nacht verbringen."

„Setzt euch", sagte Herr Neid und stand auf. Herr Neid hatte einen so stechenden Blick, dass den Kindern ganz mulmig wurde und sie zum ersten Mal Agnus Angst verstanden, der sich schwitzend und kurzatmig hinter Herr Mutig versteckte.

Sie nahmen die Aufforderung an und setzten sich zu Olaf an den Tisch.

„Wir können Ihnen nichts anbieten, wir haben nichts", sagte jetzt Frau Eifersucht und erhob sich ebenfalls. Sie trat an den Tisch heran. „Aber ich sehe, ihr habt etwas dabei." Dabei blickte sie wie gebannt auf die Bündel, die jeder bei sich trug.

„Lasst doch mal sehen, was ihr bei euch habt", forderte jetzt auch Herr Neid auf. Während seine Frau Teller aus einem Regal an der Wand holte.

Peter, Rosalie und die anderen begannen langsam ihre Bündel zu öffnen und holten die köstlichen Speisen heraus, die ihnen im Schloss eingepackt worden waren.

„Wir teilen gerne mit euch. Wir haben genug dabei", sagte die Hoffnung, „setzt euch zu uns."

Peter fiel auf, dass die beiden Gastgeber sehr wohl Speisen und Getränke im Schrank hatten.

Als Frau Eifersucht seinen Blick auf ihre Vorräte bemerkte, schob sie fast unbemerkt mit dem Fuß die Schranktür zu und setzte sich dann an den gedeckten Tisch.

Auch Nina Neugier bemerkt den Betrug, hielt sich jedoch zurück und schluckte ihre Fragen herunter. Ihr war jetzt klar, warum Max Mutig nicht unbedingt die Gesellschaft der beiden bevorzugte.

„Ach so, auf der Durchreise?“, begann Herr Neid schmatzend das Gespräch, „wo wollt ihr denn hin?“

Frau Eifersucht und Herr Neid

Kapitel 15 - Fragen und Antworten

Das war eine Frage, die keiner von ihnen hören wollte. Schließlich konnten sie nicht riskieren, dass die Gebrüder Hass und Missgunst von ihrer Mission erfuhren und sie sogar verhindern könnte.

„Ach“, begann Olaf, gerade so, als hätte er schon darauf gewartet, „wir wollten einen Ausflug zu den Wasserfällen machen und haben uns im Wald verfahren“, log er schnell. Gut, dass er sich bestens im Wald auskannte, dachte jeder.

Allen fiel ein Stein vom Herzen, dass Olaf so schnell etwas Glaubhaftes einfiel.

Nun konnte sich Nina Neugier nicht mehr zurückhalten und fragte ihrerseits: „Stand die Hütte nicht leer?“

Frau Eifersucht verschluckte sich fast an einem gekochten Ei und fing an zu husten.

Herr Neid antwortete: „Ja, also ... hm, wie soll ich sagen ... Ja“, stotterte er und klopfte seiner Frau, die immer noch hustete, helfend auf den Rücken, „wir sind sozusagen auch auf der Durchreise.“

Seine Frau warf ihm einen bösen Blick zu. „Sei still! Das müssen die nicht wissen!“, fauchte sie ihn an.

„Nein, nein, sie können es doch wissen, vielleicht wollen sie uns dahin begleiten“, widersprach Herr Neid.

Jetzt war Nina Neugier gar nicht mehr zu halten und sie fragte: „Wohin geht Ihre Reise? Wohin begleiten? Was ist der Anlass Ihrer Reise? Warum möchten Sie es geheim halten, Frau Eifersucht?“ Auf die Antworten waren nun alle gespannt.

Nina Neugier

Herrn Neid kamen die Fragen recht. Zu gerne wollte er sich mitteilen. Fühlte er sich doch um einiges wichtiger, wenn er von seiner Bekanntschaft mit den Gebrüdern Hass und Missgunst erzählen konnte.

„Das ist so“, begann Herr Neid genussvoll, „meine liebe Gemahlin, Frau Eifersucht, und ich sind eingeladen bei den Brüdern Hass und Missgunst. Sie möchten eine wichtige Erklärung auf ihrer Burg abgeben“, erklärte er voller Stolz.

„Ja“, fuhr er fort, „es schmeichelt uns sehr, dass wir auf der Burg dabei sein können. Die Brüder möchten uns in ihre neuesten Pläne einweihen.“

Frau Eifersucht schien ihre Vorbehalte vergessen zu haben und sprach weiter: „Genau, wir sind sehr gerne gesehene Gäste in der Burg. Die Brüder schickten sogar extra nach uns“, verkündete sie voller Stolz, „es soll etwas Großes stattfinden. Es ist ihnen gelungen, unter den Menschen viele Anhänger zu finden. Morgen werden wir in der Burg erwartet. So wie es aussieht, ist die Zeit der Liebe im Schloss bald vorbei.“

Nun war es Herr Neid, der seine Frau in die Seite puffte, damit sie den Mund hielt.

Für einen Moment war es still am Tisch, es war nur ein leises Klappern des Geschirrs zu hören, da Herr Agnus Angst sein Zittern nicht unterdrücken konnte.

Dies blieb nicht unbemerkt und bevor die beiden Prahler die richtigen Schlüsse ziehen konnten, erhob Max Mutig seinen Becher und prostete allen zu:

„Prost! Lasst uns darauf trinken, dass wir heute Nacht eine Unterkunft gefunden haben.“

Das Abendessen nahm seinen Lauf. Frau Eifersucht schielte immer wieder zu Rosalie und Peter. Sie konnte kaum den Blick von den Kindern abwenden. Ihrem Gatten blieben diese Blicke nicht verborgen und er versuchte herauszufinden, was seine Frau so faszinierend an den Beiden fand. Irgendwann dämmerte es ihm und er grinste zufrieden in sich hinein.

Es war schon spät, als die Hoffnung sagte: „Ach so, ach ja. Nun denn. Es ist spät geworden. Wir sollten uns alle ein bisschen ausruhen und schlafen gehen.“

Rosalie und Peter war sehr unwohl zumute und sie wünschten sich, sie wären schon wieder zu Hause.

Kapitel 16 - Die Nacht in der Hütte

Es heißt ja bekanntlich: „Platz ist in der kleinsten Hütte.“ So auch hier in dieser kleinen Waldhütte. Es war zwar eng, aber ein jeder fand einen Platz zum Ruhen. Nicht sehr gemütlich, aber zum Schlafen reichte es.

Rosalie und Peter kuschelten sich ganz fest aneinander. Ihnen war es nicht geheuer und wie gerne wären sie zu Hause bei ihrer Mutter in ihren kuscheligen Betten gewesen. Was ihre Mutter jetzt wohl machte? Sicher machte sie sich Sorgen und viel zu viel Gedanken.

Agnus Angst ging es auch nicht viel besser, er bibberte sich in den Schlaf und malte sich allerlei Katastrophen aus, bevor er vor Erschöpfung tief einschlief. Bald war alles ruhig.

Alle schliefen, bis auf einen, der schlief nicht. Im Gegenteil, ein heißes Feuer des Neids ließ ihn nicht ruhen. Als alles ruhig geworden war und man nur noch ein leises Schnarchen hören konnte, stand er langsam und leise wieder auf.

Das Mondlicht schien durch das Fenster und er konnte die Umrisse der Schlafenden erkennen. Seine Frau schnarchte und grunzte im Schlaf und drehte sich zur anderen Seite, als er sich von ihr wegschlich.

Leise, sehr leise, versuchte er einen Fuß vor den anderen zu setzen, was nicht so einfach war, da er immer Gefahr lief, auf jemanden zu treten. Da ein Knarzen! Der Boden gab ein Stück nach. Er blieb stehen, wartete, dann weiter. Einer drehte sich im

Schlaf um. Lauschen. Leise, ganz leise, Schritt für Schritt bahnte sich Herr Neid langsam seinen Weg durch die Schlafenden. Der Morgen brach schon an und eigentlich müsste er sich beeilen. Aber jetzt keine Hast dachte er, nur langsam!

Als er bei den Kindern ankam, blieb er nochmals einen Moment ganz ruhig stehen. Lauschte, bevor er sich vorsichtig nach unten beugte. Nochmals horchte er, ob auch alle schliefen. Dann bückte er sich noch weiter runter. Es krachte in seinem Rücken, es tat ihm höllisch weh, aber darauf konnte er keine Rücksicht nehmen. Nicht jetzt.

Er war seinem Ziel schon zu nah. Er unterdrückte einen Schmerzensschrei und beugte sich immer tiefer hinab. Langsam. Ganz langsam kam er den Kindern immer näher. Noch einmal lauschte er, dann griff er zu.

Er griff nach dem Anhänger von Rosalie, den sie und Peter von der Liebe bekommen hatten. Im selben Moment, als seine Hand den Anhänger berührte, spürte er auch schon einen brennenden Schmerz in der Hand, sodass er den Anhänger sofort wieder schreiend losließ.

Der Schmerz war überwältigend und er schrie so laut aus voller Kehle, dass alle augenblicklich hellwach waren.

Kreischend, hüpfend, stolpernd bahnte er sich den Weg vor das Haus. Draußen angekommen, hielt er seine Hand in den Brunnen, der mit kaltem Quellwasser gefüllt war.

Weil keiner genau wusste, was passiert war, folgten ihm alle verwirrt nach draußen.

„Es tut mir so leid“, heulte Herr Neid, „so leid, ich tue das nie wieder“, brach es aus ihm heraus.

„Was ist denn passiert?“, fragte seine Frau völlig entrüstet.

Dass Ihr Mann so viel Aufmerksamkeit bekam, gefiel ihr überhaupt nicht und sie schaute ihn böse an.

Unter Tränen gestand er: „Ich wollte so gerne den Anhänger von Rosalie für dich haben. Habe doch gesehen, wie sehr dir der kleine Bernstein mit dem Silber gefallen hat, aber beim Berühren habe ich mir die Hand verbrannt. Schaut mal, der Anhänger hat ein richtiges Loch in meine Hand gebrannt.“

Rosalie griff nach ihrem Anhänger, aber dieser war noch nicht einmal warm.

Ohne viele Worte packten Max Mutig und die anderen ihre Bündel zusammen. Keiner von ihnen hatte noch Lust weitere Zeit mit Herrn Neid und Frau Eifersucht zu verbringen. Sie wollten so schnell wie möglich aufbrechen.

Nur die Hoffnung saß noch mit Herrn Neid draußen am Brunnen und sprach mit ihm. „Ich hoffe, Herr Neid, dies wird Ihnen eine Lehre sein. Sie sollten in Zukunft den Besitz eines anderen achten und dem Drang, ihn für sich zu beanspruchen, widerstehen.“

„Es tut mir so schrecklich leid“, jammerte Herr Neid immer noch, „es schien so einfach zu sein. Noch nie ist mir so etwas passiert.“

Abermals tauchte Herr Neid seine Hand in den Brunnen, um sie zu kühlen.

„Ich bin mir sicher, meine Schwester, die Liebe", sprach die Hoffnung ruhig weiter, „wird Ihnen und Ihrer Frau ein eigenes Geschenk machen, wenn sie zur ihr ins Schloss kommen. Ihre Liebe ist bedingungslos und reich an so wundervollen Geschenken, so wie dieses", sagte die Hoffnung und griff nach der verletzten Hand von Herrn Neid.

Sie berührte die verbrannte Stelle und strich sanft mit ihren Fingern darüber.

Herr Neid konnte nicht glauben war er sah und spürte, kurz nach der Berührung heilte die Wunde und der Schmerz war verschwunden.

„Ich glaube, dass Sie gar nicht so ein schlechter Mann sind, da gebe ich die Hoffnung nicht auf. Wenn nächstes Mal in Ihnen der Neid brennt, denken Sie an meine Schwester, an die Liebe und gönnen Sie einem anderen, was er hat", sagte die Hoffnung. Sie stand auf, um sich ihrer Gruppe anzuschließen.

Herr Neid schaute der Hoffnung mit einem nachdenklichem Blick nach.

Und wieder stand der kleinen Gruppe eine weite Fahrt bevor. Auch mussten sie sich unbedingt beraten, wegen der brisanten Neuigkeiten des gestrigen Abends.

So beeilte man sich fortzukommen.

Als die Gruppe bereits aufbrach, kam Herr Neid nochmals auf die Hoffnung zu: „Hoffnung, nachdem du mir so geholfen hast, möchte ich euch allen helfen. Haltet euch fern von den Schergen der

Gebrüder Hass und Missgunst. Soviel ich weiß, sind deren Helfer unterwegs und bringen alle, die sie finden können, in die Burg. Gerüchten zufolge planen die Gebrüder eine Übernahme des Schlosses der Liebe. Sollten die Brüder erfahren, dass du, Hoffnung, in der Nähe bist, werden sie sicher nicht davor zurückschrecken, dich für ihre eigenen Zwecke zu missbrauchen."

Die Hoffnung

Kapitel 17 - Die Lichtung

Schnell liefen die Kinder zum Körbchen, um es zu holen. Herr Agnus Angst hatte ihnen gehörig Angst gemacht und sie befürchteten das Schlimmste. Doch das Körbchen war noch da und als sie es von Moos und Laub befreiten und aus den Wurzeln lösten, war die Freude allerseits groß, wieder vereint zu sein.

Langsam fingen die Schmetterlingsflügel an, sich wieder auszubreiten und zu vibrieren, sodass es nach ein paar Augenblicken so war, als wären sie nie getrennt gewesen.

Die Gruppe machte sich auf den Weg zur Kutsche. Olaf hatte schon alles vorbereitet, alle stiegen zügig ein, um erstmal von hier wegzukommen.

Nach kurzer Fahrt machten sie auf einer Lichtung halt.

Olaf holte aus dem Koffer, der hinten an der Kutsche befestigt war, eine große Decke und die Bündel heraus.

„Jetzt wollen wir erst einmal in Ruhe frühstücken und uns beraten“, sagte er und breitete die Decke auf der Wiese aus.

Kurze Zeit später saßen die Sieben beieinander und aßen mit viel Appetit. Sie waren froh, die Gesellschaft von Herrn Neid und Frau Eifersucht los zu sein.

„Was werden wir machen? Was haben die Brüder vor? Müssen wir nicht zurück und die Liebe warnen?“, fragte Nina Neugier in die Runde, als sich das Frühstück dem Ende neigte.

Rosalie und Peter waren viel zu müde nach der letzten Nacht und überließen es den Erwachsenen, darüber zu reden. Sie streckten sich auf der Decke aus, ließen sich von der Sonne wärmen und schliefen ein.

„Welche Möglichkeiten haben wir denn?“, fragte Max Mutig und blickte sich fragend um. Aber keinem fiel so schnell eine Lösung ein.

Die Hoffnung schien komplett in Gedanken versunken.

„Ja ...“, sagte sie schließlich, „so viele Alternativen haben wir nicht. Tja, eigentlich fallen mir im Moment nur zwei Möglichkeiten ein, die in Betracht kommen könnten.“

„Welche Möglichkeiten sind das?“, frage Nina Neugier.

„Zurück zum Schloss und über die neuen Erkenntnisse berichten, damit die Liebe gewarnt ist“, antwortete die Hoffnung, „oder wir beeilen uns, so schnell wie möglich unseren Auftrag zu erfüllen und die Schmetterlinge zu den Menschen in die Siedlung zur ‘Großen Blumenwiese’ zu bringen und hoffen, dass die Mission Erfolg hat und die Pläne der Brüder durchkreuzt werden.“

„Oder“, sagte Max Mutig, „wir kundschaften in der Burg die derzeitige Lage aus und bringen in Erfahrung, welche Pläne die Brüder gegen die Liebe ausgeheckt haben und entscheiden dann.“

„Nein, nein, nein“, kopfschüttelnd verwehrte sich Agnus Angst gegen den Vorschlag von Max, „nein, auf gar keinen Fall! Das ist viel zu gefährlich. Wir dürfen weder die Kinder noch die Schmetterlinge in diese Gefahr bringen“, fügte er schnell hinzu.

Alle nickten und gaben Herrn Agnus Angst recht. Er schien sehr zufrieden zu sein, dass auf ihn wenigstens einmal gehört wurde. Ein Lächeln zog sich über sein Gesicht und er wirkte zum ersten Mal, seit sie aufgebrochen waren, entspannt.

Nina Neugier wollte nun wissen: „Wie lange werden wir noch bis zur Siedlung und zu der ‘Großen Blumenwiese’ brauchen?“

Alle schauten zu Olaf, der sogleich anfing, mit den Fingern zu rechnen. Leise murmelte er vor sich hin: „Eins und drei ... hm ... minus zwei im Sinn ... mal vier ...“, dann endlich seine Antwort: „Wir brauchen noch genau fünf Stunden. Wir müssen immer noch einen großen Umweg machen.“

Nina Neugier schaute ernst und fragte Olaf: „Wie weit sind wir von der Burg entfernt?“

Wieder überlegte Olaf und begann zu rechnen: „Hm ... drei ... vier plus eins ... zwei mal drei ... zwei im Sinn ... wir sind ganz in der Nähe, keine Stunde von hier entfernt befindet sich die Burg der Gebrüder“, gab Olaf zur Antwort.

Erst jetzt wurde den Weggefährten bewusst, wie nah sie den Brüdern schon gekommen waren.

Agnus Angst begann leicht zu zittern und murmelte vor sich hin: „Oje, mir ist ja so bang. Mir ist ja so bang.“

Doch wie sollten sie sich entscheiden?

Kapitel 18 - Das Gespräch

In diesem Moment wurden die Kinder wach.

Peter streckte und reckte sich und gähnte so laut, dass die anderen zu lachen begannen.

„Na, du scheinst den Schlaf gebraucht zu haben“, lachte Max Mutig.

„Ja“, antwortete Peter verschlafen und stupste seine Schwester an, damit sie sich auch aufsetzt.

„Worüber habt ihr gesprochen?“, wollte jetzt Rosalie wissen und schaute gespannt in die Runde.

„Nun“, sagte die Hoffnung, „wir haben zwei Möglichkeiten, aber wir wissen noch nicht, für welchen Weg wir uns entscheiden sollen.“

„Welchen Weg?“, fragt Peter interessiert.

Nun ergriff Max Mutig das Wort: „Wir stehen vor der Wahl, zurück zum Schloss zu fahren und die Liebe zu warnen oder weiter unsere Mission zu verfolgen. Meiner Meinung nach sind wir vom Schloss schon zu weit entfernt, mehr als eine Tagesreise. Ich glaube, die Zeit drängt. Wir sollten uns beeilen, in die Siedlung der Menschen zu gelangen, um die Schmetterlinge freizulassen.“

„Wäre es nicht wichtiger, die Liebe zu warnen?“, fragte Nina Neugier.

In diesem Moment bemerkte Rosalie, dass das Körbchen ganz unruhig wurde. Es fing an zu vibrieren. Jetzt merkten es auch die anderen.

Alle schauten zum Körbchen, doch bevor sie eine Frage stellen konnten, hörte Olaf etwas im Wald. „Seid mal ganz still!“, flüsterte Olaf, „lasst mich kurz lauschen.“ Olaf hatte, da er so gut wie blind war, ein bemerkenswert gutes Gehör. „Da kommt eine Gruppe mit Pferden.“

Die Lichtung, auf der sie frühstückten, war zwischen zwei Wegen gelegen. Der obere Weg führte auf die Burg und der untere Weg in einem langen Bogen Richtung Siedlung.

Durch den Waldrand, der die Lichtung umgab, waren sie nicht zu sehen, jedoch war die Gruppe, die sich auf dem oberen Weg befand, gut zu hören.

Max Mutig machte zu den andern eine Geste, sich still zu verhalten, indem er seinen Zeigefinger auf den Mund legte. Er selbst stand leise auf und ging auf den Waldrand zu, um noch besser hören zu können.

Nina Neugier folgte ihm direkt. Sie schlichen beide an die lärmende Gruppe so nah wie möglich heran, damit sie jedes Wort verstehen konnten.

Rosalie und Peter hielten das Körbchen fest, das leicht zitterte.

Auch Agnus Angst zitterte und flüsterte in sich hinein: „Oje, oje, mir ist ja so bang.“

Als Nina Neugier und Max Mutig zurück, zu den anderen auf die Wiese kamen, fragten Peter und Rosalie ungeduldig: „Was habt ihr gehört? Was haben sie gesagt?“

„Jetzt mal ganz ruhig, seid mal nicht so aufgeregt“, sagte Max Mutig, „wir werden gleich alles erzählen.“

Max Mutig schaute Nina Neugier an, diese nickte und Max Mutig begann zu berichten: „Wir sahen eine Gruppe, die sich wohl nicht freiwillig auf dem Weg zur Burg befindet. Sie sind in Begleitung von Leuten aus der Burg. Wir hörten, wie sie sich unterhielten. Sie fragten die Begleiter, warum es so wichtig sei, auf die Burg zu kommen denn jetzt seien die Alten und Kranken ganz alleine und sich selbst überlassen in der Siedlung zurückgeblieben. Das interessierte jedoch die Schergen der Burg nicht. Sie meinten nur, die Brüder Hass und Missgunst hätten etwas Wichtiges zu verkünden und dass es viele Menschen brauchte, um es dann in die Welt hinauszutragen. Sie wären jetzt die letzten von vielen, die bereits auf der Burg seien und sie sollten sich beeilen. Mehr konnten wir nicht erfahren."

„Wir müssen unseren Plan anpassen. Es wird nichts nützen, zur Siedlung der Menschen zu gehen, wenn sich dort zurzeit kaum noch einer aufhält", bemerkte die Hoffnung nachdenklich.

Kapitel 19 - Der neue Plan

Mit dieser Nachricht hatte die Gruppe nicht gerechnet. Kaum noch Menschen in der Siedlung. Die meisten auf der Burg. Was hatten die Brüder vor?

„Es hilft alles nichts“, sagte Max Mutig entschlossen, „wir müssen dahin, wo die Menschen sind. Und wenn sie eben auf der Burg sind, dann müssen wir halt zur Burg!“

„Aber das ist gefährlich“, entgegnete Agnus Angst, „wir waren uns doch einig, dass wir weder das Körbchen noch die Kinder in Gefahr bringen dürfen“, untermauerte er seine Einwände, in der Hoffnung, dass ihm die anderen wieder zustimmen würden.

„Gefahr hin oder her“, widersprach ihm Max Mutig, „wir werden eben einen Plan brauchen, der möglichst sicher ist.“

Jetzt meldete sich die Hoffnung zu Wort: „Wir könnten uns aufteilen und könnten ja erst einmal herausfinden, was in der Burg passiert. So lange können wir das Körbchen verstecken. Und du, Olaf, nimm bitte eines der Pferde und reite so geschwind wie nur möglich ins Schloss zurück und berichte von den Geschehnissen.“

Gesagt, getan. Olaf machte sich sofort daran, runter auf den Weg zu gehen und eines der Pferde auszuspannen, um es für den wichtigen Ritt vorzubereiten.

„Zur Burg zu gelangen, ist jetzt ganz einfach“, rief Olaf noch zu den anderen die Lichtung hinauf, „ihr geht hoch auf den Weg und haltet euch dann links. Wenn ihr an der Brücke seid, ist es nicht mehr weit.“

Es dauerte nicht lange, da war er auch schon mit einem der Pferde Richtung Schloss unterwegs.

Das Pferd kannte seinen Weg in den Stall und zurück ins Schloss. So war es nicht notwendig, dass Olaf von jemandem begleitet wurde.

Rosalie und Peter standen voller Ungeduld auf und wollten auch schon Richtung Waldrand, hoch zum Weg, da rief Max Mutig sie wieder zurück. „Halt, halt, wo wollt ihr hin? Wir haben doch noch gar keinen Plan.“ Er schüttelte seinen Kopf und sprach in sich hinein: „Ts, ts, ts, Kinder!“

„Wo verstecken wir das Körbchen?“, wollte nun Nina Neugier wissen, „und was machen wir mit den Pferden?“

„Das sind gute Fragen, Nina“, antwortete die Hoffnung.

„Ganz einfach“, sagte Max Mutig, „Nina, du und die Kinder, ihr geht in den Wald, sucht ein geeignetes Versteck für das Körbchen. Wir können es unmöglich zu diesem Zeitpunkt mitnehmen. Die Pferde spannen wir aus und bringen sie hier hoch auf die Lichtung, da können sie grasen, solange wir weg sind. Sobald das Körbchen gut versteckt ist, werden wir zur Burg marschieren um so herauszufinden, was die Brüder im Schilde führen.“

Schnell machten sich die Hoffnung, Max Mutig und Agnus Angst daran, ihre Vorräte und die Decke einzupacken und runter zur Kutsche zu bringen und im Gegenzug die Pferde hoch auf die Weide zu holen.

Während Nina Neugier mit Rosalie und Peter im Wald ein geeignetes Versteck für das Körbchen suchten.

Es dauerte nicht lange, da fand Rosalie eine kleine Höhle, nicht sehr groß, aber groß genug, um hinein zu krabbeln.

„Hier, ist ein guter Platz“, rief Rosalie den anderen zu, „hier können wir das Körbchen gut lassen, bis wir zurückkommen.“

Das Versteck

Nina Neugier und Peter traten näher heran, um die Höhle zu erkunden. Auf allen Vieren rutschten sie in das Innere. Sie schauten sich um. Es gab von Wasser ausgespülte Nischen und überall lagen kleine Zweige. Es sah ein bisschen aus, als wäre die Höhle bewohnt. ‚Bestimmt ein Schlafplatz für einen Fuchs', dachte Nina.

Schnell war das Körbchen von Rosalie und Peter unter den Zweigen, die im hinteren Teil der Höhle zuhauf herumlagen, gut versteckt. Als die Kinder es fest unter den Zweigen befestigten, vibrierten die Schmetterlingsflügel nochmals ganz sanft. Dann schien das Körbchen zur Ruhe zu kommen und zu schlafen.

Rosalie und Peter waren schnell wieder aus der Höhle heraus und in Richtung Lichtung zu den anderen unterwegs. Da fiel Nina etwas in einer Nische in der Nähe des Ausgangs auf. Etwas glänzte silbern aus dem Dunkeln heraus. Nina krabbelte hin, um es genauer zu untersuchen. Sie entdeckte ein Buch, auf dessen Umschlag ein silbernes Wappen prangte. Sie öffnete es voller Neugier und Vorfreude. Enttäuscht schlug sie das Buch wieder zu und dachte: ‚Oh, wie schade, ich wüsste zu gerne, was in dem Buch steht. Leider kann ich es nicht lesen - egal, ich nehme es trotzdem mit, vielleicht kann es die Hoffnung lesen', und steckte es in ihre Jackentasche.

Zurück bei den anderen hatte Nina Neugier das Buch schon wieder vergessen. Bevor es losging, sagte sie noch: „Was meint ihr, erwartet uns in der Burg ?“

Kapitel 20 - Die Burg

Die Burg befand sich hoch auf einem Berg. Der Weg dorthin war ganz schön anstrengend. Alle kamen ordentlich ins Schwitzen. Kurz vor der Burg machten sie ein letztes Mal, etwas abseits des Weges, eine kleine Rast.

„Lasst uns noch einmal den Plan durchgehen“, sagte die Hoffnung und setzte sich auf einen Felsen.

Die anderen folgten ihrem Beispiel und setzten sich um sie herum.

Peter und Rosalie waren von der Wanderung nicht so erschöpft wie die Erwachsenen und wollten lieber weiter. Sie waren ungeduldig und konnten es kaum abwarten, in die Burg zu kommen. Doch sie waren, nachdem Max Mutig ihnen einen ernsten Blick zugeworfen hatte, einsichtig und setzten sich neben die Hoffnung auf einen Stein.

„Wir sollten uns nicht als Gruppe in der Burg aufhalten, sondern uns aufteilen. Am besten gehen die Kinder mit Agnus Angst. Nina Neugier und Max Mutig, ihr mischt euch unter die Leute und erkundet die Lage. Ich werde hier warten“, sagte die Hoffnung und schaute dabei sehr entschlossen.

„Wir treffen uns dann später wieder hier“, fügte sie ihren Worten hinzu.

„Was? Warum kommst du nicht mit in die Burg?“, wollte Nina Neugier sogleich wissen.

„Ich bin den Brüdern bekannt und würde sicherlich mit meinem Erscheinen dafür sorgen, dass die Versammlung nicht so abläuft, wie es vielleicht geplant wurde. Besser ist es, wenn sie nicht wissen, dass ich hier bin", erklärt die Hoffnung geduldig und verheimlichte, dass Herr Neid sie vor den Brüdern gewarnt hatte. Sie wollte auf keinen Fall die anderen verängstigen.

„Ja, stimmt!", bestätigte auch Agnus Angst, der am liebsten der Hoffnung Gesellschaft geleistet hätte.

„Nun gut, dann wollen wir mal", sagte Max Mutig und ging mit großen Schritten zurück auf den Weg, um die letzten Meter zur Burg in Angriff zu nehmen.

Nina Neugier, Rosalie und Peter machten es ihm gleich.

„Los, Herr Angst, kommen Sie mit!", forderte Max Mutig ihn auf, ihm zu folgen. Agnus Angst setzte sich langsam in Bewegung und murmelte vor sich hin: „Mir ist ja so bang, mir ist ja so bang."

Bevor sie durch das große Burgtor schritten, schauten sie sich noch einmal an, nickten sich aufmunternd zu und betraten den Burgvorplatz.

Rosalie und Peter hatten sich die Burg ganz anders vorgestellt. Sie dachten, es wäre so schön und hell wie auf dem Schloss, aber dem war nicht so. Es war düster und dreckig. Anscheinend machte in dieser Burg keiner sauber. Der ganze Vorplatz war voll von Menschen und Unrat.

Vorne, auf einer mit frischem Holz aufgebauten Bühne, stand ein Sprecher, der lauthals in die Menge schrie: „Seid ruhig! Hört, was ich zu sagen habe! Die Burgherren werden gleich kommen und euch mitteilen, warum ihr hier seid!" Dann drehte er sich ohne weitere Erklärung und ohne einen weiteren

Blick in die Menge zu werfen um und verschwand hinter einer Tür.

Rosalie und Peter schoben und drückten sich weiter durch die Leute, um so nah wie möglich nach vorne zu kommen. Dabei waren sie Agnus Angst entwischt, der nicht schnell genug reagieren konnte. Sich auch durch die Leute zu drücken, kam ihm nicht in den Sinn. So blieb er in der Nähe des Burgtors stehen und wartete darauf, dass die Kinder irgendwann zurückkommen würden.

Die Burg

Das Drücken und Schieben der Kinder blieb nicht unbemerkt.

„Hey, ihr Gören, verschwindet!“, maulte ein dicker Mann und machte sich noch breiter.

Peter wich dem Ellbogen eines anderen Mannes geschickt aus und drängte sich weiter durch die Leute.

Auch Nina Neugier und Max Mutig konnten die gereizte Stimmung spüren. Die Leute waren aufgebracht. Sie rempelten und pöbelten. Überall konnte man Worte des Missmuts hören.

„Warum dauert es so lang?“, fragte eine hagere Frau und schaute dabei Nina empört an, „wir stehen schon seit dem Morgen hier und werden immer wieder vertröstet.“

„Hey“, stänkerte ein Mann Max Mutig unwirsch an, „verschwinde hier! Da will ich stehen. Ich war zuerst da!“

Max Mutig ließ sich nicht aus der Ruhe bringen und dachte sich ‚Der Klügere gibt nach‘ und trat einen Schritt zur Seite, um dem verärgerten Mann Platz zu machen.

Plötzlich zupfte und zog jemand an Peters Ärmel. Peter drehte sich um und sah einen Jungen in zerrissenen Hosen und zerlumpten Hemd hinter sich stehen. Der Junge schien im selben Alter wie Peter und Rosalie zu sein.

„Was macht ihr hier?“, wollte der Junge forsch wissen, „ihr seid doch bestimmt die Neuen. Los, geht arbeiten. Bringt den Müll weg und holt Wasser aus dem Brunnen.“

Peter entgegnete erstaunt: „Na, hör mal, sag mir erst mal, wer du bist. Und arbeiten werden wir hier sicher nicht."

Der Junge schien auf einmal sehr betroffen. Er erklärte: „Entschuldigt, ich wollte nicht so unhöflich sein. Mein Name ist Gerold.", dann schaute er traurig auf den Boden, „ich arbeite hier für die Brüder und bin hier in der Burg, weil ich die Schulden meiner Eltern abarbeiten muss."

„Abarbeiten, welche Schulden?", fragte nun Rosalie, „du bist doch noch ein Kind wie wir."

„Ja", sagte Gerold, „aber das ist den Burgherren egal. Meine Eltern hatten von den Burgherren ein Feld gepachtet und es bewirtschaftet. Auf dem Feld gab es eine kleine Gerätehütte. Als ein fürchterlicher Sturm aufkam, haben meine Eltern in der Hütte Schutz gesucht. Ich war zu diesem Zeitpunkt bei uns zu Hause und schlief bereits. Der Sturm war so heftig, dass die Hütte zusammenbrach und meine Eltern begrub. Sie haben den Unfall leider nicht überlebt und starben noch in derselben Nacht. Die Burgherren sagen, dass ich ihnen das Geld für die Hütte schulde und die Schulden abarbeiten muss. Ich bin schon seit zwei Jahren hier."

Jetzt war es an Rosalie und Peter, betroffen zu sein. „Oh, das ist schlimm", sagte Rosalie und stellte sich vor, wie es ihr ohne ihre Eltern gehen würde und sie wurde sehr traurig.

„Mein Name ist Rosalie und das ist mein Bruder Peter", sagte Rosalie. „Genau", sagte Peter, und fügte noch hinzu, „und wir arbeiten hier nicht. Wir sind mit ein paar anderen hierher gekommen, um zu hören, was die Burgherren verkünden möchten."

„Wollt ihr mal sehen, wie die Burgherren wohnen? Ich zeige euch gerne mal die Burg von innen", schlug Gerold begeistert vor.

Das ließen sich Peter und Rosalie nicht zweimal sagen und folgten Gerold, der schnellen Schritts auf eine kleine Tür zusteuerte.

Rosalie, Gerold und Peter

Kapitel 21 - Die Rede

Endlich war es so weit. Die Tür öffnete sich und die Gebrüder Hass und Missgunst traten über eine schmale Treppe auf die frisch gezimmerte Bühne.

„Wird auch Zeit“, rief ein Mann missmutig, der wohl schon seit Stunden auf die Rede gewartet hatte und sehr aufgebracht war. Von anderen konnte man Pfiffe und Rufe hören, die verrieten, dass auch sie schon sehr ungehalten waren.

Die Brüder ließen sich nicht hetzen, im Gegenteil, sie genossen die aufgebrachte Menge.

Nun trat Hass nach vorne, stützte sich auf sein Rednerpult und wandte sich an die Leute auf dem Vorplatz.

Grinsend verkündete er: „Wir brauchen die Liebe nicht, mit all ihre warmen, süßen Worte und Gesten“, fing er seine Rede an.

Daraufhin wurde Hass sehr ernst und laut: „Ich sage euch, nehmt euch, was ihr braucht. Ohne Rücksicht. Der Stärkere wird immer gewinnen! Keiner braucht die Liebe. Sie ist für nichts nütze. Das Einzige, was für uns zählt, ist, was ihr für euch beanspruchen könnt.“

Mit diesen Worten schaute er in die Menge und genoss, welche Reaktionen seine Worte bei den Leuten auslöste.

Einige der Leute begannen mit ihrem Nachbarn zu tuscheln. Manche schauten bei diesen Worten entsetzt, andere nickten eifrig mit dem Kopf, um das Gesagte zu bestätigen.

Dann sprach er höchst zufrieden weiter:

Hass und Missgunst

„Wir konnten Edwina Enttäuschung für unseren Plan gewinnen. Sie war es auch, die durch ihren genialen Geniestreich verhindert hat, dass die Delegation aus dem Schloss die Siedlung erreichen konnte. Sie hatte veranlasst, dass ein Baum den Weg zur Siedlung versperrte. Die Liebe hatte nämlich den absurden Plan, euch, meine treuen Anhänger, einzulullen und mit ihrer Liebe zu überhäufen, damit ihr nicht mehr Herr eurer Sinne seid und nicht wisst, was im Leben zählt. Jedoch mein Bruder Missgunst und ich haben ihren Plan vereitelt."

Wieder machte er eine Pause, um die Reaktion seiner Zuhörer zu spüren, bevor er weiter sprach: „Edwina Enttäuschung war es auch, der es gelungen ist, für uns etwas sehr Wichtiges aus dem Schloss mitzubringen, das wir heute feierlich mit euch gemeinsam verbrennen möchten. Denn dann, dann wird die Zeit der Liebe vorbei sein!"

Nun fing er an, die nächsten Worte laut in die Menschenmenge zu schreien: „Wir werden das Schloss übernehmen. Den Besitz der Liebe für uns beanspruchen. Der Sieg ist unser!"

Nina Neugier und Max Mutig schauten sich an und bekamen eine Gänsehaut. So unheimlich und erschreckend waren die gehörten Worte. Sie konnten es fast nicht glauben, was sie da zu hören bekommen hatten. Das Schloss übernehmen? Edwina? Wie konnte sie das nur machen? Was hat sie denn Wichtiges aus dem Schloss mitgebracht?

Sie schauten sich um. Viele jubelten begeistert nach diesen hasserfüllten Worten. Doch einige schauten auch irritiert ihre Nachbarn an und konnten nicht verstehen, was da jetzt vor sich ging.

In der Menge entdeckte Nina Neugier Herrn Neid und Frau Eifersucht, die ihre Vermutung bestätigt sahen. Hatten sie doch schon geahnt, dass die Gebrüder etwas gegen die Liebe im Schilde führten.

Während Frau Eifersucht ganz zufrieden mit dem Gehörten schien und kräftig Beifall klatschte, machte Herr Neid eher den Eindruck, dass er nicht damit einverstanden war, gegen die Liebe vorzugehen.

Nun schritt Missgunst nach vorne und schob seinen Bruder zur Seite, um auch zur Menge zu sprechen: „Genau! Wir bitten jetzt Frau Edwina Enttäuschung zu uns auf die Bühne.“ Er drehte sich zur Tür und fing an in die Hände zu klatschen, aber die Tür blieb zu.

Unsicher drehte er sich einmal dem Vorplatz, dann wieder der Tür zu und rief noch einmal lauter:

„Wir begrüßen unsere treue Freundin Edwina Enttäuschung.“

Die Tür öffnete sich ganz langsam, aber statt Edwina Enttäuschung kam einer der Laufburschen der Burg zum Vorschein.

„Ähm, äh …“, stammelte dieser unsicher, „ich soll die Herren nochmals nach drinnen bitten.“

Hass und Missgunst kochten vor Wut und wurden stocksauer. Sie bewegten sich aber dennoch Richtung Tür und verschwanden ohne weitere Erklärung in der Burg. Mit einem lauten Knall flog die Tür zu, sodass ein mancher befürchtete, die Türangeln würden aus der Verankerung brechen.

Kapitel 22 - In der Burg

Gerold, der schon eine geraume Zeit in der Burg arbeiten musste, kannte jeden Winkel. Er wusste genau, wann er den Burgwachen und Angestellten aus dem Weg gehen musste.

„Psst, seid leise", flüsterte Gerold und legte seinen Zeigefinger auf den Mund, „bleibt ganz nah bei mir!"

So schlichen die drei durch die Burg.

Unten in der Küche roch es gut nach frisch gekochtem Essen.

Rosalie und Peter merkten erst jetzt, dass sie Hunger hatten, denn seit dem Frühstück auf der Lichtung hatten sie nichts mehr gegessen. Doch Gerold zog sie am Ärmel weiter. Es war einfach zu gefährlich, etwas aus der Küche zu stibitzen und entdeckt zu werden. Denn dann müsste Gerold wieder arbeiten und die Zwillinge würden hochkant aus der Burg fliegen.

Rosalie und Peter blickten in die Räume und sahen, dass die Burg nicht nur von außen düster und bedrohlich wirkte, sondern auch drinnen weder gemütlich noch freundlich war. Die Wände waren voll von Bildern alter Ritter und überall standen Waffen und Speere herum. Die ganze Burg war vollgestopft mit Diebesgut von den letzten Raubzügen der Brüder Hass und Missgunst.

Die Kinder schlichen nach oben in den nächsten Stock. Sie hörten eine Tür knallen und Männer, die furchtbar schrien.

„Lasst uns mal nachsehen, was da los ist“, schlug Peter vor.

Rosalie und Gerold stimmten Peter zu. So schlichen sie den langen Gang entlang, dem Stimmengewirr entgegen, das aus einem der hinteren Räume kam.

Gerold zog Peter und Rosalie in einen Raum, neben dem die Stimmen zu hören waren.

In der Kammer stand ein großes Himmelbett und eine große Kiste, aus der Kleidung unordentlich über den Rand quoll.

Die Kinder schlichen sich hinter die Tür, die einen Spalt offen stand. So konnten sie jedes Wort hören.

„Das gibt es doch nicht!“, schrie Hass, „das musst du uns erklären, sofort!“

Sein Bruder war nicht weniger aufgeregt und rief immer wieder: „Verrat, Verrat!“

Dann hörten die Kinder die kleinlaute Stimme von Edwina Enttäuschung: „Es tut mir so leid. Ich kann es mir auch nicht erklären. Es war alles so gut von mir vorbereitet. Es tut mir so leid.“

„Was passiert ist, will ich wissen!“, schrie jetzt wieder Hass außer sich vor Wut.

„Es war so, ich hatte ja den Auftrag, die Mission zu verhindern und das Buch aus dem Raum der Liebe zu stehlen“, begann Edwina Enttäuschung. „Ich habe, wie besprochen, den Baum noch in der Nacht fällen lassen doch ich konnte ja nicht ahnen, dass die Botschafter der Liebe den langen Weg zur Siedlung einschlagen würden. Ich bin davon ausgegangen, dass sie zurückkehren und es noch länger dauern würde, einen neuen Plan aufzustellen, um in die

Kleiderkiste

Siedlung zu gelangen. Zudem war es nicht möglich, beide Wege zu blockieren. Ihr versteht doch, es stand ja nicht viel Zeit zur Verfügung."

„Ich will wissen, warum du mir nicht das Buch bringst?", schrie Hass nun wieder und es fiel ihm schwer, Edwina Enttäuschung anzuhören.

„Ja, also ... äh ...", stammelte Edwina Enttäuschung weiter, „eigentlich hat ja alles gut funktioniert. Ich hatte sogar Glück. Am Morgen, als die Liebe bei ihren Gästen war, konnte ich mich in ihren Raum schleichen und das Buch entwenden. Ich machte mich direkt vom Schloss aus hierher auf den Weg. Es wurde spät und ich konnte die Burg am Abend nicht mehr erreichen. Deshalb habe ich einen Unterschlupf gesucht. Ich kam an der verlassenen Hütte vorbei und wollte dort nächtigen, um heute mit dem Buch hier zu erscheinen."

„Das interessiert mich alles nicht!", schrie Missgunst, „wo ist das Buch?"

„Das war so", begann Edwina Enttäuschung erneut, „weil die Hütte von Herrn Neid und Frau Eifersucht belegt war und ich befürchtete, dass die beiden mir das Buch neiden und wegnehmen würden, hatte ich einen anderen Unterschlupf auf die Schnelle gesucht und auch gefunden. Dort habe ich das Buch versteckt."

Edwina holte tief Luft, bevor sie ihren Bericht fortsetzte: „Gerade als ich es versteckt hatte, ein großer Schreck. Das Versteck, dass ich gewählt hatte, war die Behausung einer Fuchsfamilie. Ich musste so schnell wie möglich den Fuchsbau verlassen und dachte mir, das ist nicht so schlimm. Das Buch ist gut in einer Nische versteckt, ich hole mir Hilfe aus der Burg, um die Füchse zu vertreiben und nehme das Buch später aus der Höhle wieder an mich. Als ich jedoch mit Verstärkung zurückkam, waren weder die Füchse noch das Buch da."

„Wieso war das Buch weg? Was hast du dann gemacht? Hast du das Versteck genau durchsucht?", fragte Hass mit ungeduldiger Stimme.

„Ich weiß nicht, wohin es verschwunden ist. Aber ja, ich habe die ganze Höhle auf den Kopf gestellt." nach diesen Worten grinste Edwina Enttäuschung über das ganze Gesicht.

Mit viel Schwung drehte sie sich um ihre eigene Achse und hob etwas hinter sich vom Boden auf, das bisher von den Brüdern unentdeckt geblieben war, und hielt es mit gestreckten Armen in die Höhe. Ganz stolz präsentierte Edwina Enttäuschung ein Körbchen mit komischen Griffen an der Seite, die schlaff am Korb hingen.

Voller Stolz verkündete sie: „Ich habe statt des Buches das Körbchen in dem Versteck gefunden! Das ist ein ..."

Jetzt platzte Hass endgültig der Kragen, das war ihm mittlerweile doch zu bunt. Er schrie los, ohne Edwina Enttäuschung ausreden zu lassen: „Waaasss!? Du willst mich doch zum Narren halten. Du hattest den Auftrag, mir das Buch zu bringen und nun schleppst du mir so ein dämliches Körbchen an?"

Mit einem Satz war er bei Edwina Enttäuschung, schnappte das Körbchen und mit einem unsanften Fußtritt beförderte er es quer durch den Raum.

Es landete auf dem Boden und kullerte weiter durch die offene Tür in das Schlafgemach von Hass.

Kapitel 23 - Hoch hinaus

Die Kinder trauten ihren Ohren und Augen nicht, als das Körbchen direkt vor ihre Füße rollte. Peter und Rosalie wussten, dass sie sich beeilen müssten, da die Schmetterlingsflügel wieder anfingen, zu vibrieren und sich das Körbchen langsam vom Boden abhob.

Sie blickten zu Gerold, der zwar nicht verstand, was vor sich ging, aber wohl genau wusste, dass jetzt nicht die Zeit war, Fragen zu stellen.

Er linste durch die offen stehende Tür, dann nahm er die Gelegenheit wahr und machte Rosalie und Peter ein Zeichen, mitzukommen.

Die Kinder rannten so schnell sie konnten eine Etage nach der anderen nach oben. Schließlich noch durch zwei Türen, dann standen sie draußen, ganz oben auf dem Turm der Burg.

Sie blickten nach unten. Der ganze Vorhof war voller Leute, die immer mürrischer wurden. Sie konnten den Unmut der Leute bis nach oben spüren und hören.

Rosalie und Peter setzten sich außer Atem an die Mauer, um kurz zu verschnaufen.

Gerold fragte: „Was ist das für ein ungewöhnliches Körbchen, das fliegen kann und euch folgt?“

Peter erklärte Gerold: „Das ist unser Auftrag. In diesem Korb befinden sich die Schmetterlinge der Liebe. Wir, Rosalie und ich, sollen den Korb zur ‘Großen Blumenwiese’ bringen und dort die Schmetterlinge frei lassen.

Die Schmetterlinge bringen den Menschen die Liebe."

„Ja", stimmte Rosalie ihrem Bruder zu und ergänzte, „da aber die Menschen zurzeit nicht in ihrer Siedlung sind, kamen wir hier her auf die Burg, um zu erfahren, was vor sich geht."

Irgendwie verstand Gerold diese Erklärung noch nicht so richtig und er blickte die Zwillinge ungläubig an.

Peter und Rosalie bemerkten seinen Blick. Sie schauten sich an und Peter, von seiner Ungeduld getrieben, sagte: „Komm Rosalie, wir zeigen es ihm."

Durch ihre Ungeduld kam es ihnen nicht in den Sinn mit dem Öffnen zu warten, bis das Körbchen an seinen eigentlichen Bestimmungsort, der 'Großen Blumenwiese', angekommen war. Peter und Rosalie begannen also mit ihren Händen über dem Körbchen zu kreisen. Es klappte. Auch diesmal öffnete sich das Körbchen.

Gerold blickte hinein und er war, wie auch schon jeder andere zuvor, von der Pracht und Schönheit der Schmetterlinge überwältigt.

Doch es gab einen Unterschied. Bisher, wenn Peter und Rosalie das Körbchen öffneten, waren die Schmetterlinge in ihrem Korb zu bewundern, aber diesmal war es anders. Plötzlich flatterten alle Schmetterlinge aus dem Körbchen heraus und flogen an den Kindern vorbei hoch hinaus in die Luft. Mit einem Mal war der ganze Himmel voller Schmetterlinge, die in alle Himmelsrichtungen ausschwärmten.

Die Schmetterlinge verlassen das Körbchen

Kapitel 24 - Die Schmetterlinge

Rosalie und Peter waren einen Moment so überrascht, dass sie sich nur ansahen und befürchteten, dass sie jetzt durch ihre Ungeduld einen schlimmen Fehler gemacht hätten. Dass die Schmetterlinge ihren Korb verlassen würden, damit hatten sie nicht gerechnet.

Dann rief Gerold ihnen zu: „Schaut mal!“, und zeigte ganz aufgeregt nach unten zu den Menschen.

Rosalie und Peter standen auf und schauten nach unten.

Die Menschen erblickten die Schmetterlinge und auf einmal konnten die Kinder auf ihrem Turm hören, wie die Menschen unten nur noch: „Ahhh!“, und „Ohh!“ riefen.

So wie die Liebe es vorausgesagt hatte, traf es ein. Die Menschen waren sich auf einmal all ihrer Gefühle bewusst. Menschen, die sich vorher angefeindet und beleidigt hatten, lagen sich auf einmal in den Armen. Sie freuten sich, auf dieser Welt zu sein und waren rücksichtsvoll anderen gegenüber.

Nina Neugier und Max Mutig standen unten und sie trauten ihren Augen und Ohren nicht, als sie die unzähligen Schmetterlinge rund um die Burg herumflattern sahen.

Von unten auf dem Burghof konnten sie die Menschen hören: „Kannst du es fühlen? Spürst du die Leichtigkeit? Woher kommt diese Freude? Ich dachte, ich wäre verärgert, aber eigentlich bin ich traurig.

Warum haben wir uns dazu drängen lassen, hierher zu kommen? Wir sollten nach Hause gehen, da warten unsere Liebsten auf uns."

Manche lachten, andere weinten und allen tat es so gut, weil sie es sich schon so lange versagt hatten.

Die Menschen verließen nach und nach freudig gestimmt den Burgplatz. Sie wollten nach Hause, zu ihren Kindern, Kranken und Alten.

Auch Gerold spürte, dass mit ihm etwas geschah. „Ich fühle mich auf einmal so komisch", sagte Gerold, „so voller Zuversicht und innerlich frei."

Rosalie verstand, was er meinte und lachte. „Das kenne ich so gut, das kommt durch die Liebe. In ihrem Schloss kann man dieses Gefühl dauernd spüren. Das ist ein so schönes Gefühl, dass man die Liebe immer um sich haben möchte."

„Ja, das will ich", erwiderte Gerold, „kann ich mit euch zur Liebe? Darf ich euch begleiten?"

Rosalie und Peter schauten sich an und waren sich einig. Sie nickten heftig, lächelten und sagten wie aus einem Munde: „Ja, klar! Unbedingt!"

Sie freuten sich und fassten sich an den Händen, tanzten gemeinsam mit den Schmetterlingen Ringelreigen, die immer noch überall ihre Kreise zogen.

„Los, wir müssen auf die Lichtung. Die anderen warten sicherlich schon auf uns", sagte Peter und unterbrach die fröhliche Runde.

Vorsichtig öffneten sie die Tür und horchten, um zu erfahren, ob die Luft rein war, um wieder nach unten zu kommen. Zum Glück hatte keiner vermutet, dass die Schmetterlinge vom Turm der Burg kamen. So blieben die Schmetterlingsbefreier unbehelligt.

Vorsichtig gingen die Kinder Stufe für Stuf hinab. Der Raum, in dem sich vor ein paar Minuten noch die Burgherren fürchterlich über Edwina Enttäuschung aufgeregt hatten, war jetzt leer.

Gerade, als sie nach unten Richtung Ausgang gehen wollten, kamen die Burgherren zurück.

Gerold zog Peter und Rosalie in eine Nische hinter der Tür. Die Burgherren waren nicht zu überhören.

„Das ist unglaublich“, schrie Hass Edwina Enttäuschung an, „das haben wir nur dir zu verdanken. Die Schmetterlinge waren sicherlich in diesem ungewöhnlichen Körbchen versteckt, dass du uns in die Burg geschleppt hast und das sich plötzlich in Luft aufgelöst hatte, als wir es aus meiner Kammer zurückholen wollten.“

Sein Bruder Missgunst schrie: „Ich bin so enttäuscht von dir. Kein Buch, keine Menschen mehr auf unserer Seite. Kein Erfolg für uns!“

Mit einem großen Knall flog die Tür zu und die Burgherren Hass und Missgunst waren mit Edwina Enttäuschung in ihrem Raum verschwunden. Das Gezeter ging im Raum lautstark weiter. Die Brüder konnten sich gar nicht mehr beruhigen.

Die Kinder nutzen die Gunst der Stunde und das Durcheinander auf der Burg aus, um sie schnell zu verlassen.

Am Tor trafen sie auf Agnus Angst, dem sichtlich ein Stein vom Herzen fiel.

„Na, endlich, da seid ihr ja“, rief Agnus Angst, als er die Zwillinge erblickte und sein Gesicht hellte sich auf.

„Wen bringt ihr denn da mit?“, fragte Agnus Angst und schaute Gerold argwöhnisch an.

Peter lachte und sagte: „Das ist unser neuer Freund Gerold, er will uns ins Schloss der Liebe begleiten.“

Agnus Angst nickte nur, drehte sich auf dem Absatz um und grummelte vor sich hin: „Jetzt aber los, die anderen sind bestimmt schon bei der Hoffnung.“

Kapitel 25 - Alles klärt sich

Als die Kinder mit Agnus Angst bei der Hoffnung ankamen, die vor der Burg gewartet hatte, waren Nina Neugier und Max Mutig bereits bei ihr.

„Das habt ihr ja toll gemacht“, sagte die Hoffnung, „ich verstehe nur nicht, wie ihr dieses Kunstwerk vollbracht habt, die Schmetterlinge sollten doch im Versteck sein. Und wer ist euer Begleiter?“

Agnus Angst antwortete, bevor Peter oder Rosalie die Gelegenheit hatten: „Ein neuer Freund von Rosalie und Peter, sein Name ist Gerold und er will uns ins Schloss begleiten.“

Das sagte er so selbstbewusst, dass die anderen anfingen, zu lachen, weil Agnus Angst sich sonst nicht so forsch zu Wort meldete.

Während sich alle mit dem neuen Freund auf den Weg zur Lichtung machten, erzählten Peter und Rosalie abwechselnd, wie sie Gerold kennengelernt hatten und was Gerold schon alles erlebt hatte.

Auf der Lichtung angekommen, setzten sie sich zu den Pferden, um auf Olaf zu warten, den sie jeden Moment zurück erwarteten.

Gerold setze sich nicht, sondern ging direkt zu den Pferden, er liebte Pferde. Als er auf die Pferde zukam, hoben diese neugierig den Kopf und trabten ihm entgegen. Die Pferde drängten sich an Gerold und schubsten ihn ganz zärtlich an, so, als würden sie einen alten Freund begrüßen.

Die anderen schauten Gerold und den Pferden zu, es war wunderschön anzusehen, wie Gerold glücklich inmitten der Pferde und der Schmetterlinge auf der Wiese stand.

Gerold wird begrüßt

Max Mutig erzählte nun der Hoffnung: „Es war Edwina Enttäuschung, die den Baum, der uns bei der Abfahrt im Weg lag, fällen ließ. Sie wollte verhindern, dass wir in die Siedlung kommen."

„Ja", ergänzte Nina Neugier, „und sie hat etwas aus dem Schloss mitgenommen, aber wir konnten nicht erfahren, was es war. Die Brüder wollten es verbrennen."

Da konnten jetzt Rosalie und Peter Licht ins Dunkel bringen. „Als wir mit Gerold in der Burg waren, haben wir vom Nebenzimmer aus ein Gespräch von Edwina und den beiden Brüdern hören können. Die Brüder wollten 'das Buch der Liebe' von ihr, aber statt des Buches hat sie unser Körbchen gefunden und den Brüdern gegeben. Hass und Missgunst konnten und wollten nichts mit dem Körbchen zu tun haben und kickten es uns unbemerkt direkt vor die Füße."

Peter und Rosalie schauten sich an und erinnerten sich an den aufregenden Moment, dann fuhr Rosalie in den Erklärungen fort: „Wir sind mit dem Körbchen auf den Turm der Burg geflohen und wollten Gerold nur mal den Inhalt zeigen, weil er doch nicht verstand, warum das Körbchen uns folgte. Und da ist es passiert: Alle Schmetterlinge flogen mit einem Mal hinaus in die Welt."

Bei diesen Worten kam Gerold zu den anderen zurück und setze sich dazu.

Jetzt wurde es Nina Neugier ganz heiß und kalt gleichzeitig. Alle bemerkten direkt, dass mit Nina

Neugier etwas nicht stimmte und schauten sie sorgenvoll an.

„Was ist los, Nina?“, fragte die Hoffnung besorgt. „Geht es dir nicht gut?“, wollte jetzt auch Max Mutig wissen.

Agnus Angst fing direkt an zu jammern: „Oje, mir ist ja so bang, mir ist ja so bang.“

Dann griff Nina Neugier in ihre Jackentasche und brachte ein Buch zum Vorschein, auf dessen Vorderseite ein silbernes Wappen prangte.

Das Buch der Liebe

Kapitel 26 - Die Verstärkung

Die Hoffnung erkannte es sofort und rief: „Das ist das Buch der Liebe!“ Erfreut sprang sie auf und griff sogleich nach dem Buch.

„Ich erkenne es, das ist unser Wappen. Es gehört meiner Schwester, der Liebe.“

Die Hoffnung drückte das Buch an sich, als ob sie es nie wieder loslassen wollte.

In diesem Moment hörten sie Pferde, die Lichtung heraufkommen. Sofort versteckte die Hoffnung das Buch hinter ihrem Rücken. Sie befürchtete, es könnte ein zweites Mal gestohlen werden.

Als Erstes sahen sie Olaf, der mit einem weiteren Pferd, das er an der Hand führte, den Berg hinauf ritt. Er kam nicht alleine, er brachte nicht nur einen Ersatz für das Kutschpferd mit, sondern noch einen Begleiter.

„Wir sind es“, rief er schon vom Waldrand, „ich und Freddy Freude.“

Sie ließen die Pferde grasen und setzten sich zu den anderen auf die Wiese.

Freddy Freude setzte sich zu Nina Neugier und strahlte sie an. Er freute sich sehr, sie wiederzusehen.

Nina Neugier erwiderte sein Lächeln und machte ihm sehr gerne an ihrer Seite Platz.

Kaum saß Olaf, da wurde er auch schon von zahlreichen Schmetterlingen umringt. „Ist ja gut", sprach er auf die Schmetterlinge ein, „ich bin auch froh, dass ihr es hier so schön habt."

Nach der Begrüßung flogen die Schmetterlinge wieder ihre Blüten an.

„Olaf, konntest du die Liebe warnen?", wollte jetzt die Hoffnung wissen.

„Ja, konnte ich und ich muss euch leider sagen, dass etwas ganz Schlimmes passiert ist. Keiner weiß, wie, wann oder wer, aber das Buch der Liebe wurde aus dem Schloss entwendet. Wir müssen es unbedingt suchen und zurückbringen, sonst ist die Zeit der Liebe vorbei. Auch deshalb habe ich Verstärkung mitgebracht, damit wir gemeinsam nach dem Buch suchen können", sagte Olaf und war dabei sehr ernst.

Alle grinsten, was Olaf ja nicht sehen konnte. Aber er spürte wohl, nicht richtig verstanden worden zu sein.

Deshalb wiederholte er nochmals eindringlich: „Das Buch der Liebe wurde gestohlen. Wir müssen es wieder ins Schloss bringen."

Nun lachten alle und Rosalie platze heraus: „Wir haben das Buch der Liebe schon! Wir haben es!"

Jetzt zeigte die Hoffnung das Buch in die Runde, und Freddy Freude machte vor Freude einen großen Luftsprung.

Freddy Freude

Olaf war sichtlich erleichtert, und fragte: „Wer ist denn eigentlich unser Gast?“

Gerold wusste genau, dass er gemeint war und stellte sich vor: „Mein Name ist Gerold. Ich habe Peter und Rosalie auf der Burg kennengelernt. Wir haben zusammen die Schmetterlinge fliegen lassen und ich möchte gerne bei euch bleiben und euch ins Schloss begleiten.“ Nach dieser Ansprache holte er kurz tief Luft und fügte hinzu, „wenn ich darf.“

Olaf überlegte kurz und sagte: „Sehr gerne, wir freuen uns alle, wenn du mit ins Schloss kommst. Da habe ich noch eine Frage an dich, was würdest du, Gerold, davon halten, wenn du mein Lehrling wirst? Ich spüre, dass du ein gutes Herz hast und ich könnte gut Hilfe bei den Pferden und meinen Aufgaben im Schloss gebrauchen.“

Gerold hatte das Gefühl, all seine Träume würden in diesem Moment in Erfüllung gehen. Ganz aufgeregt antwortete er: „Ja, ja, ja, so gerne, ja!“ Vor Freude und Glück sprang er auf. Peter und Rosalie machten es ihm nach.

Die Kinder rannten über die Wiese mit den Schmetterlingen und den Pferden und tanzten fröhlich.

Bei allen machten sich Erleichterung und Entspannung breit.

Kapitel 27 - Die Rückkehr

Der Tag neigte sich langsam dem Ende zu. Vor lauter Aufregung hatten alle Zeit und Hunger vergessen.

Olaf schlug vor: „Lasst uns in die verlassene Hütte gehen, dort können wir essen und ruhen, bevor wir morgen ins Schloss zurückkehren."

Gesagt, getan. Alle packten mit an und führten die Pferde von der Weide runter zur Kutsche, die seit dem Morgen dort stand.

Olaf und sein neuer Lehrling Gerold kümmerten sich um das Einspannen der Pferde.

Es dauerte nicht lange, da waren sie wieder bei der Waldhütte angekommen, in der sie die letzte Nacht verbracht hatten. Zum Glück war die Hütte diesmal wirklich verlassen und sie hatten sie ganz für sich allein.

Schnell war der Tisch gedeckt. Olaf und Freddy Freude brachten aus dem Schloss noch weitere Leckereien mit. Erst jetzt merkten alle, wie hungrig und müde sie waren.

Freddy Freude schaute, dass er auch dieses Mal neben Nina Neugier sitzen konnte. Er versuchte, ihr ganz nah zu sein.

Die Hoffnung lächelte, als sie sah, wie sehr sich Freddy Freude um Nina Neugier bemühte.

Nach einem ausgiebigen Abendessen sagte Max Mutig: „Was für ein aufregender Tag das war. Wir sollten jetzt ruhen, damit wir morgen früh nach

Hause ins Schloss aufbrechen können." Der Vorschlag wurde von allen gerne angenommen.

Als Rosalie und Peter die letzte Nacht gemeinsam mit Herrn Neid und Frau Eifersucht verbracht hatten, war ihnen überhaupt nicht wohl gewesen. Das war diese Nacht ganz anders. Sie freuten sich, dass die Mission so gut geglückt war und über ihren neuen Freund Gerold. Zufrieden und erschöpft schliefen sie ein.

Am nächsten Morgen standen alle schon vor Tageshelle auf und beeilten sich mit der Abreise, um so schnell wie möglich zurück ins Schloss zu kommen.

Die Hoffnung nahm Freddy Freude und Nina Neugier auf die Seite und sagte: „Damit meine Schwester Bescheid weiß und so schnell wie möglich das Buch wieder zurück zu ihr kommt, bitte ich euch, voraus zu reiten und ihr das Buch zu bringen. Sagt, meiner Schwester, es sei alles in bester Ordnung und wir kommen so schnell wie möglich zum Schloss."

Freddy Freude und Nina Neugier übernahmen sehr gerne diese Aufgabe. Sie ritten schon los, als Olaf noch mit dem Einspannen der Kutsche beschäftigt war.

Kurz nach Sonnenaufgang ging es dann auch schon los. Olaf, auf dem Kutschbock, führte die Kutsche mit der Hoffnung an seiner Seite. Rosalie, Peter und Gerold saßen mit Max Mutig und Agnus Angst in der Kutsche und waren sichtlich erleichtert, dass es zurück ging.

Der kleine Trupp kam gut voran und schon am frühen Nachmittag konnte man die Türme des Schlosses sehen.

Kaum war die Kutsche mit ihren Begleitern auf dem Schlosshof angekommen, waren schon alle in hellem Aufruhr.

„Hurra, sie sind da!“, rief Ute Überraschung und rannte ins Schloss, um alle zu informieren. Es dauerte nicht lange, da waren die Ankommenden von allen, die im Schloss auf ihre Rückkehr gewartet haben, umzingelt.

Jeder wollte der Erste bei der Begrüßung sein.

Da drängelte sich Frau Geduld ungeduldig durch die Menge. „Macht Platz! Aus dem Weg!“, rief sie ungeduldig und schob alle auf die Seite, bis sie vor Peter und Rosalie stand. Frau Geduld standen die Freudentränen in den Augen, so sehr hat sie ihre Zwillinge vermisst.

„Kommt zu mir!“, sagte sie und breitete ihre Arme aus. Rosalie und Peter ließen sich nicht zweimal bitten. Sie rannten zu ihrer Mutter und umarmten sie ganz fest.

Nun trat auch Herr Geduld aus der Menge hervor. Sichtlich zufrieden, dass seine Kinder wieder wohlbehalten und gesund ins Schloss zurückgekehrt waren.

Die Kinder entdeckten ihren Vater und ließen von ihrer Mutter ab. Sie fielen ihrem Vater mit einem Freudenschrei um den Hals. „Juhu, du bist wieder gesund und ins Schloss gekommen!“, rief Rosalie und drückte sich ganz fest an ihn.

In diesem Moment kam die Liebe auf den Vorplatz, sie schritt auf die Ankömmlinge zu, eine Vielzahl bunter Schmetterlinge folgten ihr.

„Ich kann nicht sagen, wie glücklich ich bin, euch wieder wohlbehalten zurück zu sehen. Freddy Freude und Nina Neugier haben mir schon alles berichtet. Zum Glück ist mein Buch wohlbehalten zurück in meinem Raum“, sagte die Liebe, „kommt herein, lasst uns feiern.“

Agnus Angst erzählte voller Stolz und Eifer jedem, der es hören wollte oder auch nicht, von seinem großen Abenteuer. Er war überglücklich wieder im Schloss zu sein und äußerst erleichtert, dass trotz seiner Befürchtungen alles gut ging.

Rosalie und Peter zeigten Gerold sein neues Zuhause und führten ihn im ganzen Schloss herum.

Als sich Brigitte von Begeisterung Gerold vorstellte, indem sie in einem der zahlreichen Gemälde des Schlosses erschien, fiel Gerold fast in Ohnmacht.

Rosalie und Peter konnten ihn beruhigen und es dauerte nicht lange, da lachten sie gemeinsam mit Brigitte über den Schrecken.

Als alle Gäste zusammensaßen, um gemeinsam mit den Rückkehrern zu feiern, stand auf einmal Freddy Freude auf und klopfte mit seinem Besteck ans Glas. Alle stellten ihre Gespräche ein und es wurde ganz ruhig im Saal.

Freddy Freude räusperte sich: „Äh, also ... ich möchte, nein, wir möchten“, und er schaute Nina Neugier dabei an, „wir möchten unsere Verlobung bekannt geben." Nina Neugier stand nun auch auf und sagte: „Ja, wir haben uns verliebt und möchten bald heiraten und ihr seid alle herzlich eingeladen."

Sie küssten sich und alle Gäste jubelten und freuten sich mit dem glücklichen Paar.

ENDE

Nina Neugier und Freddy Freude

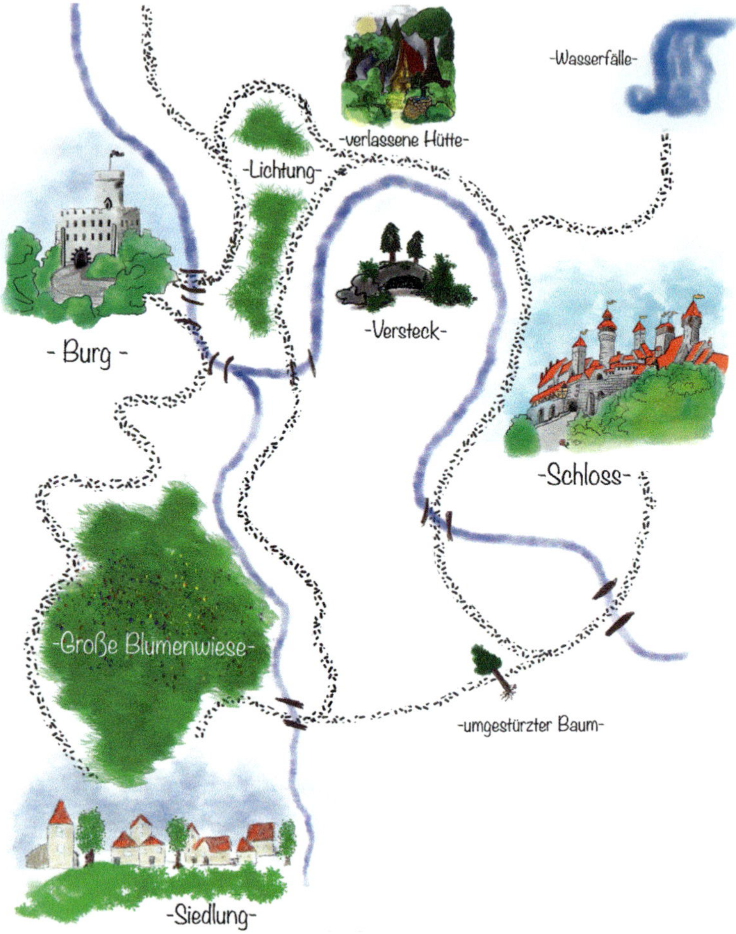
-verlassene Hütte-
-Wasserfälle-
-Lichtung-
- Burg -
-Versteck-
-Schloss-
-Große Blumenwiese-
-umgestürzter Baum-
-Siedlung-

Lageplan

Danke

Eine Geschichte lebt von den Menschen, die sie gerne lesen und hören möchten sowie von denen, die dazu beitragen, dass eine Geschichte überhaupt erst gedruckt werden kann.

Ein großes Dankeschön geht daher an Reinhard Meyer und Katrin Weikert sowie an meine Familie für die wertvollen Kommentare und das neugierige Zuhören.
Ihr habt mir immer das Gefühl gegeben, auf dem richtigen Weg zu sein.

Ein besonderer Dank gilt meinem Lektorat Elisa Weikert, Osman Agin und Hannelore Eberle für das Ansetzen des Rotstifts.

Boppard im April 2023